自从有了你

一个女孩与先天性疾病抗争的真实故事

【美】龚 晴/著

图书在版编目(CIP)数据

自从有了你:一个女孩与先天性疾病抗争的真实故事/(美)龚晴著. —北京:北京大学出版社,2011.10
ISBN 978-7-301-19557-4

Ⅰ. ①自… Ⅱ. ①龚… Ⅲ. ①纪实文学-中国-当代 Ⅳ. ①I25

中国版本图书馆CIP数据核字(2011)第194445号

书　　　　名:	自从有了你——一个女孩与先天性疾病抗争的真实故事
著作责任者:	〔美〕龚　晴　著
组　　　稿:	杨书澜
责任编辑:	魏冬峰
标准书号:	ISBN 978-7-301-19557-4/I·2390
出版发行:	北京大学出版社
地　　　址:	北京市海淀区成府路205号　100871
网　　　址:	http://www.pup.cn
电　　　话:	邮购部62752015　发行部62750672　编辑部62750673
	出版部62754962
电子邮箱:	weidf02@sina.com
印　刷　者:	三河市北燕印装有限公司
经　销　者:	新华书店
	965毫米×1300毫米　16开本　10.5印张　122千字
	2011年10月第1版　2011年10月第1次印刷
定　　价:	22.00元

未经许可,不得以任何方式复制或抄袭本书之部分或全部内容。
版权所有,侵权必究
举报电话:010-62752024　电子邮箱:fd@pup.pku.edu.cn

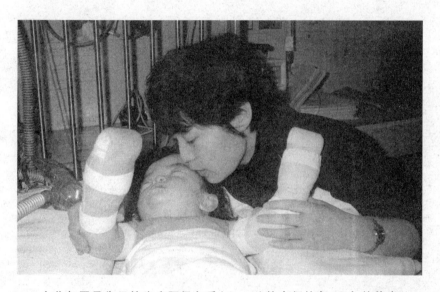

女儿与罕见先天性疾病阿佩尔氏(Apert)综合征抗争 15 年的故事

The unexamined life is not worth living.
　　——Socrates(Greek philosopher)

没有自省的人生,是没有意义的人生。
　　——苏格拉底(古希腊哲学家)

目录
CONTENTS

引言	1
维维，意思是"活着"	11
出生	17
阿佩尔氏(Apert)综合征	22
妈妈，爱我吧	31
同路人	36
修复心脏——生命的第一场战役	45
颅颜中心初诊——漫漫征途的第一步	54
早期智能训练	62
颅缝手术	71
十指连心	80
是上帝把她造成了这样	90
特殊教育和普通教育	105
小鼓手，合唱团	113
交友	118
中部面颊牵引手术	131
自从有了你，生命里都是奇迹	139
附录1 四月的文章	146
附录2 维维诗文	152

引 言

　　大概在我十二三岁的时候,有个人给我算过一卦。那时我们家还下放在甘肃山丹农场,住在两间干打垒的土屋里。有一天来了爸妈的一个朋友,说他会算命,就问过了我的生辰八字,然后从兜里掏出一张纸,端详了一会儿。

　　他抬起头很关注地凝视着我,慢慢地说:"怎么说呢?你可能会是一个不幸的人……"

　　在女儿维维刚出生的那段时间里,算命先生的这句话,常常在我耳边回响。人难道真的有命吗?维维的降生真的是我命中注定吗?如果是的话,我真的因此就是一个不幸的人吗?

　　写这篇文字,正值维维满15岁之际。看着眼前的她,我的心溢满了一种平静的欣喜和感激。她乌黑的头发随便地披散在肩头。她的皮肤很好,白白的,嫩嫩的,没有长过这个时期女孩子的"青春痘"。她的额头比一般人要平一些,鼻梁也要矮一些。也许是看惯了,我并不觉得很扎眼。她两眼的外眼角稍稍下斜,而且不是完全对称。她的嘴小巧,可爱。她的手很引人注意:手掌比一般人小，而且手指短粗，不能弯曲。她的脚如果不穿鞋，一眼就能看出有问题：除了脚趾没有分离，右脚基本只有后脚跟儿能着地。

这会儿，她正抱着一部笔记本电脑，一边听音乐，一边在网上看视频。看到高兴处会咯咯地笑出声来。

这时，电话铃响了。她拿起旁边的无线话筒。是她朋友打来的。她起身，一边说话，一边在房子里走来走去。好像是在聊学校的事。不时听到她叽叽嘎嘎地笑。我知道，这电话一打至少半小时。

我微笑着一边儿看她，一边儿想，不知道自己究竟是不是一个不幸的人。但我知道，现在就是用整个世界来换取我眼前这个可爱的女儿，换取我们所共同经历的一切，我也不会答应。在旁人眼里，她仍然是个相貌奇特，肢体残疾的少女。而我看到的却是生命自然本原的美丽，是灵魂在永恒、寂静、超越时空的终极世界，闪烁着纯净、无我、璀璨的光芒。

我曾经不止一次地试图去想象，如果15年前出生的不是一个身有多处残疾的女婴，而是一个完美健康的宝宝：她应该有着高高的额头，大大的双眼，长长的睫毛，端正的鼻梁；她的两只小手有着十个完整的指头，像奇迹一样，能伸能弯；她像所有健康的宝宝一样，三个月会翻身，七个月会坐，八个月会爬，九个月长牙，十个月会叫爸爸妈妈。我想象着在马路上商场里，她穿着粉红色的花裙子，像蝴蝶一样环绕着我，不时引来众人羡慕的目光。我想象着她聪明、漂亮，学习成绩优异。看着她一天一天长大，出落成亭亭玉立的大姑娘，我不由心花怒放……

引言

而我知道，在 15 年前维维出生的那一刻，我就永远地失去了那个梦想中的完美女儿。我们一家也就从此告别了"正常"，从而跨入了有残疾儿童的异类家庭的行列。"畸形"，"综合征"，"残疾"，等等可怕的字眼从此进入了我们的人生字典。

伴随维维出生而来的，是最初的震惊和恐惧，是随后的茫然和忧虑；是永无休止的医院门诊，一个接一个让人焦心的手术；是心疼地看着针头一次又一次扎进她细小的胳膊，听着她撕心裂肺的哭声。更不用说那日常生活中大大小小的挑战和无以计数的不眠之夜。而最最艰难的是要学会怎样从容地面对社会，怎样从心理上真正接受这样一个现实。很长一段时间，每当看到别人看着女儿那诧异的目光，我的心都会隐隐作痛。

然而随着时间的推移，恐惧、茫然渐渐被从容、自信替代。看着女儿克服着难以想象的困难，一天天长大，我越来越多体验到的不再是痛苦，不再是焦虑，而是由衷的喜悦、自豪和感激。我不再为失去了那个完美女儿而感到悲哀、失落。我庆幸自己能有这样的机会，担负起扶养一个不尽完美女儿的责任。我会迎着别人看到女儿时诧异的目光微笑。而这是发自心底的微笑，是包含着理解、宽容的微笑。这微笑的背后，是一个心脏先天缺损，患有医学上罕见的阿佩尔氏综合征的小生命顽强生存的故事。是一个出生时脸部头部畸形，手指脚趾并连的小女孩，越过无数障碍，力争做一个正常人的故事。是一个母亲经历了内心的冲击，在心灵深处的挣扎中不断反省，努力试图摆脱世俗的虚荣而走近真实和自然的故事。是在一个文明社会中,人们相互尊重,理解,不歧视异类,保护弱者的故事。这个社会有着健全的医疗、教育、社会福利系统,尽心竭力地为弱势群体服务。在这个社会里,生命的价值是至高无上的。

谁能断定这样的人生是幸运还是不幸?如果真的有一个造物主,如果15年后的今天我将再次做母亲,而造物主对我说,现在有两个婴儿,一个健康完美,一个身有残疾,你可以任意挑选一个。我会很为难。我相信我们全家都会很为难。我想我们可能会说:能不能两个我们都要?

也许,人生根本就不能简单地用幸与不幸来概括。这样来总结人生未免过于肤浅。幸运中常常潜藏着不幸。一个人眼中的不幸是另一个人眼中的幸运。今天是不幸的幼苗,明天可能开出幸运的花朵。

回首我们15年的人生之路,我只感到深深的庆幸。维维的出生,把我们和阿佩尔氏综合征紧密相连。它不仅改变了我们的人生轨迹,也改变了我们的心灵和人格。曾经,我把女儿的不完美,看做是我那个貌似完美世界的瑕疵,看做我人生的失败。而现在我知道,不完美的其实是我自己,是我那被社会庸俗化了的价值观。15年来,女儿的存在不断冲击着这种价值观,一次又一次考验着我的人格。是女儿,使得我的世界更加完美。女儿用生命塑造着我们的人格,改变着我们的价值观,纯净着我们的灵魂。

谁能说这样的人生不是一个幸运的人生?

引 言

维维、我、小农、四月 2008 年 7 月摄于德卢斯（美国明尼苏达州东北部港市）。维维快满 13 岁了，四月 17 岁

自从有了你

和外公外婆乘游艇游玩纽约哈德逊河——2008年6月

引　言

四月和维维 2008 年 8 月摄于一家中餐馆

在两个女儿眼里,爸爸不是家长,而是朋友——2000年6月

引 言

2004年2月在迪斯尼乐园和米妮合影。维维（8岁）的小本子上收集了迪斯尼各种卡通人物的签名

God asks no man whether he will accept life. That is not the choice. One must take it. The choice is how.

——Henry Ward Beecher(American clergyman, speaker)

上帝从不问你是否接受生命。那是不能选择的。你必须接受。你所能选择的是怎样度过一生。

——亨利·沃德·比奇（美国牧师、演说家）

# 维维，意思是"活着"

维维是我们的第二个孩子。

大女儿叫四月，出生于 1991 年 4 月。

那时我来美国不到两年，丈夫张小农来美还不到一年。我们都是纽约州立大学奥尔巴尼(Albany)分校的博士研究生，我在大气科学系，小农在社会学系。那两年，学校一下来了很多中国留学生。大家白天在教室、实验室度过，晚上、周末常常聚会吃饭聊天。多数同学都还是单身或两口子，有孩子的不多。而就在学习任务繁重，在美国还人生地不熟的情况下，小农和我迎来了我们的第一个孩子——女儿四月。

多亏我爸妈从武汉赶来，帮着我们照料女儿，才没有太多地耽误学习和实验。四月生得胖乎乎的，聪明伶俐，无论走到哪儿，总是人见人夸，抢足了风头。带她出门，我和小农脸上很有风光。一年半以后，父母返回了武汉。我们一边念书一边带着女儿，白天把她送到幼儿园，晚上接回家教她认字，数数，唱儿歌。就这样，冬去春来，一转眼四月已经快四岁了。

得知怀了老二，大概是 1994 年 11 月。当时我正在做毕业论文。课题是有关光化学烟雾。研究大气中来自汽车尾气的碳氢化合物和其下风向浓度的关系。实验已接近尾声，正在分析、整理实验数据，准备尽快完成论文的写作。

这时候怀孕，显然很不是时候。在美国，做人工流产并不是一件轻而易举的事。首先，医院是不设置人工流产设施的。要做，得去所谓"Planned Parenthood"，也就是计划生育诊所。一般就是大街边一栋小小不起眼的房子。经常会有人举着牌子在门口抗议示威，牌子上写着类似"停止谋杀婴儿"的标语。进出诊所时，你会不由自主地缩头缩脑，偷偷摸摸像去干什么见不得人的事。

另外，在美国呆久了，耳濡目染，不由自主地就会对人工流产产生隐隐的罪恶感。一说做人工流产，脑子里就会出现一个有头有脚，有胳膊有腿活生生婴儿的画面。

尽管如此，考虑到做论文正在节骨眼上，还是觉得这个孩子来得不是时候，应该把它做掉。我于是愁眉苦脸地去了计划生育诊所。

进诊所时，左顾右盼并没有发现街上有打牌子示威的，这才舒了口气。

做过例行检查，医生再三询问是不是拿定了主意，一定要把这个孩子做掉。她说，诊所提供专家咨询服务，如有疑问或犹豫，可以找专家谈谈。我做出坚定不移的样子，说我考虑好了，没有任何疑问。医生接着向我详细讲解了手术过程。于是，手术的日子就订在了 12 月中旬。

12 月上旬的一天，和在武汉的父母通了一次电话。电话里维维，意思是"活着"

告诉他们怀孕和准备做人工流产的消息。谁知这次通话竟改变了整个事情的进程。电话里，妈妈极力阻止我做人工流产，说人流如何如何伤身体。又说他们上次来照看四月的护照还没过期，正想再来美国看看，这不正好可以帮我带老二吗？

我们犹豫再三，觉得老人说得也有道理。四月出生前，他们很顺利就拿到了签证。到美国后又顺利地延期了两次，帮我们把四月带到将近一岁半才回国。因为上次来按期回去，这次签证不应该有问题。有了老人帮忙，孩子生下来就不会对实验和论文写作造成太大影响。再说，四月已经快四岁了，如果这辈子还准备要第二个孩子的话，现在不要什么时候要？

想来想去，最后决定把孩子留下。于是我取消了人工流产手术预约。老二得以幸存，真得感谢外公外婆。

人生的事情就是这么难以预料。虽然很多事情看来似乎是随机的，但谁又能肯定在这随机的表象后面，没有一定的因缘在起作用？谁能确定在我们的感官所能感知的现实世界之外，没有一个超现实的主宰？随机也好，因缘也罢，现在看来，从一开始，小女儿就注定要降生在我们这个家庭，她的命运注定要和我们的命运紧紧相连。从还没出生开始，她就开始了和命运的抗争。免于遭受人工流产的劫难，不就是她与命运抗争的第一个回合吗？冥冥之中，那幼小的生命已经在哀求着我们：我要活着，请让我活着！

接下来的几个月，生活没有什么异常。怀老二的妊娠反应跟怀老大没有太大区别。照样是没胃口，嗜睡，情绪波动。除了定期看医生，做超声波，每天照常去实验室。实验室没有什么特别的有害有毒物质需要避免。测量的空气样品来自位于纽约州北部的白面山（Whiteface Mountain），比平常吸入的城市空气干净得多。测量用的仪器是气相色谱仪和质谱仪。用氢气作燃气，液氮作冷凝，不接触任何有毒气体。最可能有害的，要算计算机的荧光屏了。可现代人谁不是整天坐在荧光屏前面？没有听说对胎儿有什么危害。

日子就这么一周一周地过去了。16周的样子，做了第一次超声波。我希望尽快知道是男孩还是女孩，就急着追问做B超的女技师，能不能看出性别。她说，看上去像是个女孩。我略略有些失望。我一直暗暗希望是个儿子。一儿一女那该多圆满。现在看来这辈子是没儿子的命了。又转念一想，两个女儿也挺好。女儿贴心，将来养老靠得住。女儿好带，不像男孩那么调皮。姐妹之间更亲密，相互沟通容易。而且姐姐的衣服妹妹穿，还能省了衣服钱呢……

正走神儿想着生女儿的好处，就听见技师说，你看，这是婴儿的照片。

我接过她手中的一张小纸片，上面是用超声波仪拍下的黑白胎儿照片。可以分辨出胎儿的头部，甚至可以清晰地看到眼睛、鼻子和嘴唇。我仔细端详着照片。看上去，二女儿应该有大大的眼睛，高高的鼻梁，小小的嘴。我脑海里顿时出现了一个亭亭玉立，忽闪着水灵灵大眼睛的美人。

回到家，向小农报告了B超结果。说：还是个女儿。他对我的失望很不以为然。在他看来，孩子简直就没有性别的区别。想到将来被三个女人围着，他一定还在心里偷偷乐呢。

知道了性别，就开始琢磨起什么名字。老大一直到出生，也没想着给起个名字。结果临产到了医院才着了慌。

在美国，医院的婴儿出生证上，按了脚印就得有名字。当时正是四月，而英文四月"April"恰好是女孩儿的名字。小农和我急中生智：干脆就叫 April 吧，中文就叫四月，既纯朴又好听。

可这种临产抱佛脚的事绝对不能再发生在老二身上。老二的预产期是 8 月。总不能老大叫四月，老二叫八月吧？再说了，四月"April"恰巧是个女孩儿名字，八月"August"可就不是了。

于是，有一天在一帮朋友的聚会上，我们就开始征集女孩名字。名字既要别致，又要用中文也叫得上口。经过大家集思广益，反复筛选，最后"Vivi（维维）"这个名字成功入选。

当时并不知道这个名字的意思。女儿出生后才知道，"Vivi"源于拉丁语，意思是"活着"。我不由惊异：世间真有这么巧的事！这名字再贴切不过了，莫非这真是命运的安排？我不由得又一次想到随机和因缘的问题，仿佛感觉到一只无形的手，正在操纵着我们的命运。

Life shrinks or expands in proportion to ones courage.
——Anais Nin(French-born American Author)

生命的枯萎或繁茂与人的勇气成比例。
——安娜伊斯·宁(法裔美国作家)

# 出 生

转眼到了 1995 年的夏天。爸爸妈妈果然顺利拿到了第二次来美签证,按计划于 7 月的一天抵达纽约肯尼迪机场。小农和我开车到机场接到了爸妈。旅途的奔波让他们瘦削的脸上显得有些疲倦。其他方面看上去没有什么变化,和上次来的样子差不多。

当时,我们租住在一套二楼的两室一厅的单元。房东是中国人。夫妇俩带着一个六岁的女儿和一个三岁的儿子,一家四口住在一楼,把二楼用来出租。

我们有一大一小两个卧室。客厅的面积很大,厨房厕所也宽敞。维维生下后,一家六口挤挤倒是够住了。但一下子增添三口人,房东有点不乐意。于是我们提出分担一部分水电费,房东也就没再说什么。

我们有过老大,很多东西都是现成的。婴儿的小衣服,婴儿小床,婴儿奶瓶。连煮奶瓶的锅都是现成的。

万事俱备,只等生产。

从怀孕第七个月开始,妇产科门诊从四周一次变成两周一次。从超声波看,婴儿没有什么异常,只是羊水偏多。医生说羊水偏多可以由多种原因引起。可能是胎儿有问题,也可能是母体的问题,也可能什么问题都没有。医生于是又让我做了高分辨率超声波,结果看上去正常。当时还没有现在的三维四维高分辨率超声波,清晰到能数出胎儿有几根眼睫毛。我们对羊水偏多也并没有太在意,绝没有想到胎儿会有什么不正常。只是羊水多使得我的肚子过大,像怀着双胞胎。又是盛夏季节,白天晚上都很不舒服。

8月,预产期一天一天临近。19号,预产期的前一天,羊水破了。打电话给妇产科医生,说让立即去医院。小农帮我收拾了几件简单行装塞进车里,就急急忙忙上了路。医院离家很近,大约15分钟路程。

我预料生产会很容易,因为是第二胎。

坐在车里,我想起那些把孩子生在去医院路上的故事。心想,要是生孩子都那么容易,不等赶到医院,不用打麻药,没有疼痛,孩子就自己从肚子里蹦出来了,那该多好。

到了医院,进了产房,上了产床。护士进来把各种监测仪器接在我的肚子上。这时阵痛还没开始。医生给我用了催产药。

不一会儿,阵痛就开始了。像生老大四月一样,医生给我用了脊膜外麻醉。这是一种局部麻醉法,将药物注射在脊椎膜外间隙,是分娩时常用的止痛方法。

我佩服那些拒绝使用麻醉的产妇。她们坚定地认为分娩应该是个纯自然的过程。有些人干脆选择在家里由助产士接生,不要现代医学来干预。

在这方面，我是个彻头彻尾的懦夫。阵痛一开始，就大叫不止。一个劲儿催促医生，快给我用麻药。

我回忆着生四月的情景：麻药一打上，疼痛瞬间就消失了。迷迷糊糊地睡了一觉，然后被护士叫醒，说："你开到十公分了，准备使劲（Push）吧。"

于是，医生在中间，两边一边一个护士抓紧了我的手，喊："Push！one，two，three，four，five，six，seven！（使劲！一，二，三，四，五，六，七！）"

每一个回合后，护士都会抚摸着我的手背，鼓励说："Honey, you did great！（甜心，你真棒！）"

这样几个回合后，就听见医生大声宣布："I see the baby's hair, it's black！（我看见婴儿的头发了，是黑的！）"

我心想：废话，中国人的孩子，头发能是黄的吗？

再有两三个"Push"，产房就响起一片欢呼声，随后是婴儿的哭声。老大就生出来了。就这么简单。

按理说，老大生得那么容易，老二更应该不用费劲。据说到了老三、老四，孩子基本上就是自己一出溜，就出来了。

可这次情况完全不像预料中那样。这其中的原因当然后来才知道。

开到十公分之后，麻醉师进来停掉了麻药。这是因为如果腹部不恢复知觉，就不知道该怎么使劲。记得当时麻药停止后，剧烈的阵痛一次一次袭来，像要把整个骨盆撕裂。

我心里纳闷：为什么生四月时没有这么疼呢？

像上次一样，一边一个护士，抓紧了我的手，照样是齐声喊着"一，二，三，四，五，六，七"，可连续"Push"了几小时，婴儿的头还是卡在产道里,位置一点也没前进。

  我筋疲力尽,疼得死去活来,不停地大声尖叫,并苦苦哀求:医生,快想办法把她弄出来吧,我真的受不了了!又过了一会儿,就听见护士跟医生说胎儿心跳出现异常,我就被急忙推进了手术室。只记得医生说先试试用真空抽吸。这时我好像已经处于半昏迷状态,不清楚他们究竟在对我做什么,也不觉得疼了。又过了一会儿,一切就都平息下来了。

出 生

The darkest hour has only 60 minutes.
——Morris Mandel
(American psychologist, author)

最黑暗的一小时也只有60分钟。
——莫里斯·曼德尔(美国心理学家,作家)

阿佩尔氏（Apert）综合征

女儿被吸出来之后，我筋疲力尽，虚弱不堪，全身被汗水浸透。仰面躺在产床上，全身因为体力消耗太大而不停地颤抖。护士端来冰水，我虚弱地摇摇头，没有喝。在咱们中国，坐月子期间绝对不能沾凉。可在这儿，刚一生完，就给产妇喝冰水。有人说，这就是为什么美国人到老了这儿疼那儿疼，止疼药当饭吃的原因。

尽管疲惫不堪，我还是察觉到了好像有什么不对头。

通常孩子出生后，产房里都会听到一片恭喜祝贺声。医生护士会大声宣布是个男孩或女孩，小家伙有多漂亮多可爱，长得像爸爸，或是像妈妈，等等。然而当时产房里却一片寂静。

过了一会儿，医生走到床边，压低了声音跟我说：对不起，孩子有问题。

我的头"嗡"的一声。什么？你说什么？什么叫"孩子有问题？"

医生的声音像是从很远的地方传来，断断续续，好像是说孩子的头看上去不正常,手指脚趾也没有分开,究竟是什么毛病还得专家看了才知道,现在要马上送到新生儿特护室。

医生说这些话时,屋顶上的灯开始扭曲着旋转,灯光下的人影也开始扭曲。周围的一切一下变得不再真实。我好像一下被抛到了另一个时空,一个完全陌生的世界。

记得他们好像把维维送到我的怀里,还没等我好好看她一眼,就又匆匆抱走了。

我开始哭,并拉着小农不停地问:咱们怎么办,怎么办呢?

不记得是怎么出了产房,又进了产妇病房。只记得我好像一直在哭。

爸妈接到小农的电话,赶来病房看我,我还在哭。他们跟我一起流泪,又极力安慰我,说不要紧,要不他们把孩子带回中国去养……

我的脑子一片混乱,完全失去了思维能力。翻来覆去不停地问自己"这怎么会呢?我们该怎么办呢?"

也不知道过了多久,一个遗传学专家来到了病房,手里拿着一页从一本《罕见综合征大全》拷贝下来的资料,开始向我们解释维维的病症。

那是一页16开的纸。上面印着英文和几张图片。有一个婴儿的正面和侧面头像,还有手和脚的照片。那婴儿有着扁平的额头,鼻子短,而且没有鼻梁。两眼间距离很宽,眼球突出,外眼角向下倾斜。手脚的照片更是触目惊心:大拇指短而且向外弯曲。其他指头连成一片,无法分辨。脚趾也连成一片,呈畸形。在文字和图片上方,黑体字赫然写着:阿佩尔氏综合征(Apert Syndrome)。

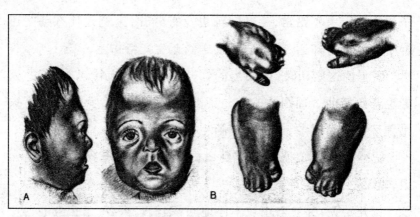

遗传学专家拿来印有图片的关于阿佩尔氏综合征的资料,上面的图片令人触目惊心

我接过那页纸,愣愣地盯着上面的图片,这时才真正开始意识到女儿病症的严重。这不是一般的综合征。这是一种罕见的综合征。这不是简单的缺胳膊少腿,歪鼻斜眼,而是涉及全身上下,从头到脚,从器官到骨骼的综合征。是综合征的综合征。我的心开始坠向无底的深渊。

遗传学专家告诉我们,阿佩尔氏综合征最早由法国医生E. Apert(阿佩尔)在1906年定义。是一种罕见的先天性疾病。发病率在初生婴儿中只有1/16万—1/20万。它是由于基因突变而引起。

什么是基因突变?我问。

"基因突变就是DNA在复制过程中发生偶然变异,"他解释说,"这种变异在自然界中随时在发生,是物种进化发展的根本原因。多数变异是无害的,但有些却会造成严重危害,就像阿佩尔氏综合征。"

阿佩尔氏综合征有一系列症状,他接着说,主要是影响骨骼的发育,颅部和四肢受影响最大。颅缝早闭,上颌骨发育不全,手指脚趾并连,是这种综合征的特征。患者还会有脊柱和四肢发育不全,脑积水,继发性视神经萎缩,肩和肘部的骨性结合和关节固定,智力低下,等等,等等。少数患者还会伴有心脏、肾脏缺损。

如果没有家族病史,这种病就是因为基因的随机突变。一般不是由环境因素引起的,而纯粹是机遇。也就是说你中了彩票,或遭了雷击,赶上了。但如果患者将来和正常人生育后代,他就有50%的概率把病遗传给下一代。

听了专家的话,我才明白为什么维维出生得那么艰难。为什么我会疼得死去活来。原来是因为颅缝早闭。正常婴儿的头缝是没有闭合的。这样,出生时,胎儿颅骨才有一定可塑性。生产时,经挤压,颅缝边缘可轻度重叠,使头颅适应产道,继而顺着产道出来。而颅缝早闭,使颅骨失去了可塑性,胎儿头部无法与产道合模。

我们接着又问这种病怎么治疗。专家说,主要是颅骨、颜面骨整形和手指脚趾分离。但首先需要解决颅缝早闭问题。新生婴儿的颅骨一岁之前不闭合,是有原因的。是为了脑部能迅速发育增长。如果颅缝早闭,脑压会升高,婴儿的智力就会受到严重影响。外科手术可以打开颅缝,帮助减低脑压。但手术的时机很关键,需要专科医生综合评估决定。做得太早或太晚都不好。一般建议在出生后六个月前手术。

颅缝打开以后,就要考虑颜面骨的整形。整形最重要的不是为了容貌,而是为了解决病人的呼吸、视力等一系列功能性问题。主要是要将面部中间凹陷段向外推移。

再就是手指分离。并指的临床表现多种多样,有的是皮肤软组织并指,有的是骨骼融合在一起的骨性并指。手术分离需要分数次进行。手指分离的时间一般是出生后六个月到两岁之间。

奥尔巴尼城市虽然不大,但有个相当不错的医院。遇到这样的疑难罕见病症,也不用转院,而且几个小时之内,就做出了准确诊断。

遗传学专家的话我们听得似懂非懂。但有几点是清楚的:这种综合征非常少见;治疗起来非常麻烦;孩子一岁之内就要开始手术,要经过很多很多次手术。

夜已经深了,我又拿过那张复印下来的文献,反复盯着上面的婴儿图片看。怎么也无法把刚出生的女儿和照片上的婴儿联系起来。这时我已经累极了。刚刚生过孩子,一天一夜多没有睡觉,又受到这样的打击。我再也支持不住了,只想睡一觉。迷迷糊糊地就想,要是能睡过去永远不要醒来就好了。

第二天上午,迷迷糊糊从梦中醒来。一时不知道自己在什么地方。环顾四周,才想起是在产妇病房。自己不是刚刚生了女儿吗?可怎么就像做了一场噩梦?那只不过是一场噩梦吧?然而,周围的一切告诉我,那不是噩梦。我的的确确生了个女儿。女儿患有一种叫做"阿佩尔氏综合征"的可怕的先天疾病。

我静静躺在床上,一动也不能动。想着今后的人生,无尽的悲哀和凄凉又开始在心中弥漫。不知道将怎样继续生活下去。只想躲到一个荒无人烟的孤岛上去,避开这尘世间的一切。我躺在那里,眼泪又一个劲儿地流了下来。

这时,就听见邻床产妇呻吟着说伤口疼死了。美国人不兴坐月子,刚刚生完孩子就洗澡喝冷饮。我听见邻床起身去洗浴间洗澡的声音。

美国的病房一般是单人间或双人间,每个病房有个洗浴间。病房一般没有严格的探视时间,什么时候都可以来。病人的一切料理,都由护士来做,一般不鼓励家属插手。如果需要去别的部门做检查,比如 X 光、CT 之类,而病人又无法自己走动,就会有助工用车或轮椅把病人推去。

产科病房是最热闹的,到处是鲜花、气球。一大早,来探访的亲友就络绎不绝。听到走廊上兴高采烈、喜气洋洋的嘈杂声,我越发感到伤心。一种深深的孤独感袭上心头。

我的护士是个五十多岁的中年妇女。个子不高,有着一双温柔祥和的大眼睛。在我难过流泪的时候,她会坐在床边,拉过我的手,轻轻地抚摸我的手背。她说,她在这个医院当了二十多年护士,还从没见过像维维这种病例。

下午,又有好几个专科医生来到病房。最先是脑神经专科,接着是整形外科,手外科。每个人都告诉我们,这种罕见综合征需要长期的综合治疗。不是一天两天,一两个手术就能解决的。病人通常要经过十几,甚至二十几次手术。由于病例少,很多治疗方法还都在实验和摸索中。他们都是本地医生,还没亲自做过一例真正的"阿佩尔氏"手术。

除了阿佩尔氏综合征共有的病症,医院很快又发现女儿的心脏也有先天缺损。医学名称是法洛氏四联症(Tetralogy of Fallot),主要是心室间隔缺损和肺动脉狭窄。法洛氏四联症的临床症状是紫绀和缺氧发作。如不及时治疗,婴儿将有生命危险。

接着,还发现她的肾脏也不健全,中文叫"小儿膀胱输尿管反流"。是先天性膀胱输尿管瓣膜机制不全造成的。医生说这不是致命性的问题。但要观察。有些小孩自己会长好，无须治疗。

坏消息一个接一个。已经到了我能够承受的极限。我仿佛在黑暗无底的深渊中不停地坠落。一次又一次地陷入绝望后，我的心已经变得麻木了。

四岁那年，我跟着父母下放到甘肃。先是落脚在嘉峪关，后来全家又继续被发配，到了更艰苦的山丹农场，就在祁连山脚下。那里是一片辽阔的戈壁滩，冬天气温常常达到摄氏零下三十多度。生活条件极其艰苦，缺吃少穿。我和哥哥也因为是"牛鬼蛇神"的子女经常受到歧视。但父母总是竭尽全力呵护着我，不让我因为大人的遭遇而被欺负。比我大六岁的哥哥也会在小朋友欺负我时挺身而出保护我。我从小养成了争强好胜，不甘落后，不服输的性格。虽然家庭处境不好，但我总是格外受到上天的眷顾。从小学，中学，到大学，再到出国留学，基本上一帆风顺，没有经受过什么真正的挫折。

而就在一夜之间，我的世界彻底坍塌。这是我为自己营造的温馨美丽世界。在这个世界里，一切都应该十全十美，不得有半点的瑕疵。小女儿的出生，是对这个完美世界的极大背叛，是对我自身价值的彻底否定。在意识深处，我把它视为自己人生的失败。这是我不服输的性格所不能接受的。这种打击令人难以承受。

但我又深知，目前我别无选择，必须振作起来，抛弃虚荣，接受现实，正视现实，尽所有力量来救治和抚养女儿。此时，我感觉到自我人格的痛苦分裂。

我平生第一次完全失去了自信，感到茫然无助。我无法想象,摆在我们面前的将是怎样的人生。我们一家四口,将面临怎样的未来。小农和我,两个靠助学金生活的学生,抚养着一个四岁的女儿,就已经很困难了,怎么能再抚养这样一个残疾孩子?

一夜之间,我好像一下子长大了许多。躺在病床上,脑海里又呈现出那个阿佩尔氏综合征婴儿的面孔。那个额头扁平,鼻梁塌陷,两眼眼球外突得吓人的男孩。还有那手,那脚。哪儿是手脚,简直就是个肉团。我又想到医疗费用。要有这么多手术,费用怎么办?美国虽然有先进的医疗条件,但费用也高得吓人。我们的学生医疗保险能给支付吗?要是不给支付,医院会不会收治?最让人担心的是她的智力,她会不会智力低下?低下到什么程度?能不能自己走路?自己穿衣梳头?能不能上学?能不能工作?

那天下午到病房来的,还有一男一女两个美国人。一个自我介绍说是市里医疗卫生部的,另一个自称是社会福利部的。他们接到医院的报告,说有个残疾婴儿出生,便立即赶来看望。他们先向我们耐心解释维维将享受的各种政府提供的服务。其中主要是体能、职能和言语治疗。这些治疗从婴儿一回到家就开始,有治疗师上门服务。接着,他们又介绍了附近有哪些相关的民间组织,可能会对我们有所帮助。这些民间组织都是由患者父母和患者本人组成。我们可以和他们取得联系。通过他们,可以获得各种信息。也可以了解患者成长过程中各个阶段的情况。这两个社会工作者的话语充满着关怀、同情和鼓励。但他们也暗示,抚养这样的孩子,意味着一生的承诺和责任。虽然当时对这些话,并不完全理解,但他们的语气让我觉得很温暖,很宽慰。

When life gives you a hundred reasons to cry, show life that you have a thousand reasons to smile.

——Author unknown

当生活给予你一百个哭泣的理由时,向它证明你有一千个理由要微笑。

——无名作者

# 妈妈,爱我吧

自从维维被匆匆抱走送到婴儿特护后,我一直不敢去看她。外公外婆都去看过,小农也已经去过多次。据说母婴之间的亲子之情,也就是新妈妈和宝宝之间那种深厚而强烈的依恋,并不是天生就有的。对于有的妈妈,这种情感来得很快,在孩子出生几小时,甚至几分钟之内,就油然而生了。而对于另一些母亲,则需要比较长的时间,经过培养才能生成。

我害怕去见女儿,而心里又深深为此感到愧疚。为自己的懦弱而深深地愧疚。我知道,如果不是她生有残疾,我早就迫不及待地把她抱在怀里,尽情地培养亲子之情了。

那天下午,我终于鼓足了勇气,第一次去新生儿特护室看望女儿。这里多是早产和先天有病的婴儿。每个婴儿都睡在四面封闭、透明的保温箱里,很多嘴和鼻子里都插着管子以帮助呼吸。维维躺在那里,睡着了,呼吸管从她嘴里通出来。她生下来七磅半,并不算小,但头相对大,胳膊、腿看上去很细,像柴火棍。我伸手进去小心翼翼地摸了摸她的小脸,觉得并不像图片上那

个婴儿的脸那么触目惊心，只有仔细观察，才能看出稍稍塌陷的眼眶和略为扁平的鼻梁。我又试着去摸她的小手。我从没见过这样的手。大拇指很短，而且最上面的指节向外弯着。其余的指头都团成一团，分辨不出有几个指头。

看着摸着，泪水又模糊了我的视线。我希望她能感觉到我的触摸。我想对她说，对不起，原谅妈妈过了两天才来看你。她看上去是那样弱小无助，就这样无辜地被带到了这个世界。她无从选择，只能面对人生，但等待她的人生将是多么艰难啊！她必须承受什么样的痛苦，才能生存下去呢？

第三天，我可以出院了。维维却还得在特护室待一段。此后，我们每天都去医院看她。她很快就不再用呼吸管，而靠自己呼吸。这样，我们就可以把她从保温箱里抱出来，给她喂奶。我第一次能够尽情地享受与她肌肤接触的那种温馨。

四月经常跟着我们去医院看妹妹。她似乎明白家里发生了不同寻常的事。但她是个极其聪明的孩子，只在旁边观察，并不多问。后来她告诉我们，一开始，她在产科病房看到妈妈流泪，眼睛肿得像两个桃子，以为是因为生孩子痛得哭。因此她曾经发誓，这辈子永远不结婚不生孩子。

十天后，我们接维维出院回家。那天，我们给她脱下医院带有条纹的衣服，换上了全棉的粉红色婴儿连裤衣。头上戴上漂亮的粉红色小棉帽子。又用镶有粉红色花边，印着淡绿色小花的婴儿毯子把她包裹住。跟已经熟知我们的护士道了别。回家路上，怀里抱着十天大的女儿，心上像压着千斤重的石头。

婴儿特护室。维维出生第三天。我们可以把她抱出保温箱喂奶了。小农带四月来看妹妹——1995 年 8 月 22 日

翻开相册,看到维维在医院和刚回家时的照片,我情不自禁感到有些惊异:照片上的每个人居然都是笑眯眯的,包括我父母也是笑容满面。有一张照片是小农在医院婴儿特护室用奶瓶给维维喂奶,脸上笑眯眯的,四月站在旁边看。还有维维刚回家时的全家照,穿着粉红色的衣服,头上还扎着粉红色的丝带。家里发生了这么大的事,可不知道的根本看不出有什么异样。显然,大家都在努力,都想让生活正常继续下去,尽量表现得像什么事儿都没有发生一样。

而我知道,我们已经不再是十天前的那个家庭。我们每个人都已经与阿佩尔式综合征紧密相连,它将成为我们生活中不可分割的一部分。但我没有预料到,维维的出生,不仅改变了我们

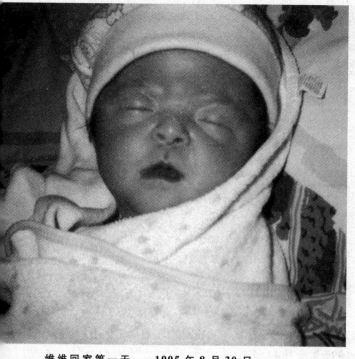

维维回家第一天——1995 年 8 月 30 日

每个人的生活轨迹,也改变着我们的心灵。一夜之间,我那被社会通俗文化塑造、建筑、滋养了三十多年的心灵堡垒突然坍塌。我仿佛平生第一次亲眼目睹到自己赤裸的心脏。它虽然还因虚荣的包装被剥落而滴着血,但它却开始真实地跳动。在今后的岁月里,它上面的伤口会慢慢愈合,它将和女儿的小心脏一起变得渐渐强壮。只要跟女儿在一起,这颗心就必须真实,必须自然,容不得半点包装,一丝虚荣。

维维的出生在当地华人和我们的美国同事中引起了小小的轰动。学校当时的学生医疗保险可以支付所有的医疗费,但如果要去外地大医院,免不了会有各种额外开销。小农的同事为维维建立了一个基金,募捐集资帮助我们支付这些费用。奥尔巴尼的华人教会也组织了募捐活动。我的论文导师得知维维基金的事,也在实验室贴出了募捐启事。这笔经费给了我们很大帮助,大家的关心和支援让我们十分感动。

The ideal man bears the accidents of life with dignity and grace, making the best of circumstancs.
——Aristotle (Greek philosopher)

理想之人用尊严和优雅去承受生活的意外,善处逆境,随遇而安
——亚里士多德(希腊哲学家)

同路人

维维回家以后,我们用奶瓶喂她配方奶。在医院时,试过喂她母奶,但因为她的口腔生得不正常,吸吮母奶很困难,就只好改用奶瓶喂配方奶。她食欲很好,两三盎司(大约60毫升—90毫升)的奶,一口气就喝完,三小时就得吃一次。这让大家感到欣慰——能吃是好事,说明她的消化系统是健全的。具备健康的消化吸收系统,就为以后的手术奠定了基础。

但我们很快发现,她呼吸相当吃力。基本上要靠嘴来吸气。原因是她的中部面骨凹陷,压迫鼻腔,使鼻腔里的呼吸道变得非常狭窄。白天醒着的时候,张着嘴呼吸倒也没什么。但如果睡熟了,舌头会不时向上弯,顶住上颚,阻挡气流通过。每到这时,她就会鼾声大作,而且不时被憋醒,然后就大口地吸气。我知道,婴儿如果大脑长期缺氧,会是什么后果——不是痴呆,至少也得智力低下。

她夜里就睡在我身边,吃力的呼吸声在我耳边像打雷一样。每一声,我的心都跟着紧紧地揪成一团。

四处查找资料,又咨询了医生,得知呼吸问题是阿佩尔氏综合征的普遍问题,目前还没有什么好的解决办法。有的患儿严重到完全无法呼吸,就只能从脖子上给气管造一个开口。有了这个人工气管开口,呼吸的问题倒是解决了,大脑也不会缺氧了,可孩子就不能学习发音说话了。人工气管开口还有其他问题。气管的分泌物几小时就得吸出来一次,开口处还经常会感染。不到万不得已,医生不建议采用这个办法。如果能坚持到中部面骨外推手术,那时,呼吸将能得到较大改善。

听着她一声声艰难的呼吸,我心如刀绞,彻夜不眠。苦思冥想,也想不出什么办法。想在她嘴里垫点什么,不让舌头堵住空气,又怕弄不好呛到气管里。后来就想到了压舌板。压舌板不就是压舌头用的吗?一般又不会不小心呛到气管里。于是,一听到她呼吸吃力,鼾声如雷,就用压舌板把她的舌头从上颚压下来,让空气通过。每压一次,只能管十几、二十分钟,舌头就又顶到了上颚,鼾声又起。有时我整夜整夜压着,不能松手。困极了迷糊过去,压着舌头的手一松,她憋气的声音又把我惊醒……就这样反反复复,半睡半醒到天亮。

这种情况持续了好几年。直到医生给她做了个手术,拿掉了扁桃腺和一些鼻窦软组织,她鼻嘴共用,呼吸问题才有了缓解。

四周后,我和小农都回到了学校。生产前向导师保证四周就回来,虽然维维是这种情况,可以多在家照看一段,但我还是按时回到了学校。

我没有按这里的惯例,把维维抱到实验室秀给同学同事。而是自己悄悄回去的。在走廊上见到同学同事,气氛有些尴尬,甚至有点压抑。大家都听说了维维的事,不知应该说恭喜祝贺的话,还是安慰同情的话。我显然给大家出了难题。有人先嘟囔着说一句"祝贺你",然后紧接着说"听到维维的事,很难过",就匆忙离去。有的说完了这两句,会再询问维维的近况和今后的治疗计划。当然,最后都忘不了说如果需要帮助,不要客气。

我把自己关在实验室里,加紧论文的写作,准备来年4月答辩,5月毕业。小农一边修着课,一边找到了一份学校计算机系统管理方面的临时工。维维的情况还算稳定,没有突发因为心脏的缺损而引起的紫绀和缺氧。我们早出晚归,白天就把维维完全交给我父母照顾。外公外婆不辞辛劳,喂奶,换尿布,哄睡觉,还要帮我们做饭。有他们无微不至的照顾,我们白天可以放心地学习、工作。四月白天一整天在幼儿园度过,我们早上顺路把她送去,晚上顺路接她回家。

在美国,婴儿出生一个月后,要去看儿科医生,做初生婴儿的第一次例行检查。这之前,自然要选定一个儿科医生。一旦选定,如没有什么不满意,孩子很可能一直跟着这个医生,直到长大成人。因为维维的情况罕见,我们几经周折,打了很多电话,才找到一个比较满意的儿科女医生。不用说,行医多年,维维是她收治的第一个患阿佩尔氏综合征的孩子。她不但要了解阿佩尔氏综合征的有关知识,还得愿意综合协调,与保险公司交涉,及时转诊于其他有经验的外地专科医生。

看过儿科医生,得到了她的许诺:一定竭尽全力帮助维维得到最好的治疗,无论是需要在本地,还是外地,她都会尽力与保险公司交涉。

接下来最大的课题,就是要决定去什么地方看专科医生。

在医院时,我们见过几个本地专科医生,感觉他们都不够有经验,特别是缺乏阿佩尔氏综合征的知识和临床实践。离我们不远有两个大城市,纽约和波士顿,那儿有不少大医院。可是哪家在综合治疗方面最好呢?

这里的关键词是"综合治疗",因为这个病太复杂,牵扯的面太广。从头到脚,从内科到外科,从神经到整容。身体上上下下,里里外外,几乎没有一个部位不被牵扯进来。光是那些医学名词,就让我头昏眼花,查字典都来不及。

在医院,第一次听到"法洛氏四联症"这个词。什么什么?什么是"Tetralogy of Fallot(法洛氏四联症)?"怎么拼写?拿来字典一查,又发现要把它弄明白,还得弄懂心脏的结构和功能,还得知道更多相关的名词。几年下来,我被迫学会了平常人一辈子也用不着的各种英文医学名称,还有身体各个器官的英文学名。

正为找治疗中心的事发愁,突然想起,去医院看我那个社会福利部的人给过一页纸。我翻出那张纸,上面印着一些人名和电话。有一行写着:Apert Support and Information Network(阿佩尔氏支援和信息网)——克里丝汀克拉克。下面有联系电话。

我决定给克里丝汀打个电话。拿起话筒,拨通了电话。

接电话的是一个声音洪亮的女人,说:我是克里丝汀克拉克。

我说:我从当地社会福利部得知你的电话,我的女儿刚出生,患有阿佩尔氏综合征。

对方立刻用愉快的声音祝贺我生了女儿。我一下子感到她的祝贺是那么真诚。她真正觉得,生了一个患有如此严重顽疾的孩子,也同样是件值得庆贺的事。我像突然找到了亲人,声音变得有些哽咽。

她问维维现在的情况。我告诉她,情况还比较稳定,但除了阿佩尔氏特有的病症,她还有心脏、肾脏问题。她认真地听着,不时插话进来。她说话很快,语气轻松愉快,跟我阴郁的语气形成鲜明对比。

从交谈中,我得知她们一家住在加州,有两个女儿。老大名叫米歇尔,五岁,和维维一样,患有阿佩尔氏综合征。二女儿叫姗侬,比米歇尔小两岁。米歇尔出生后,她找不到专门为这种病提供服务的民间组织,就创办了这个阿佩尔氏支援和信息网。五年来,她提供电话咨询服务,并帮助患者家庭建立联络,互相交换信息。

这是我第一次和另一个阿佩尔氏综合征患儿的母亲交谈,感到格外亲切。她是我的同路人。我找到了一个同路人。虽然米歇尔比维维大五岁,但我们的经历有那么多相似之处。她也是在毫无思想准备的情况下,也就是在产房里,才得知女儿有阿佩尔氏综合征。从对梦想中那个完美女儿的幸福期盼,到女儿初生时的震惊和失落,她曾经和我一样痛苦落泪,不知所措。但她很快就振作起来,为了给女儿找到最好的治疗而四处求医,到处奔波。此刻,我一点也听不出她的声音里有任何悲观、抱怨,或痛苦。我听到的只有她对米歇尔的疼爱和作为母亲的自豪。

一说到女儿米歇尔,克里丝汀就滔滔不绝。说,米歇尔生下后立即被送到了斯坦福大学附属医院,在那儿住了三个月才回家。回家后还一直得用氧气。除了呼吸问题,米歇尔还患有脑积水,必须在颅内装分流器将积水不断排除,否则脑压会升高,损伤大脑并有生命危险。分流器经常出问题。一旦失灵,就得开颅重装。五年之内,他们已经做过好几次开颅手术了。

她告诉我,从一开始,他们就把米歇尔当正常婴儿。每天推她出去散步。因为不能离开氧气,就买了一个双人婴儿推车,一边是米歇尔,另一边是氧气瓶。人们看到她很好奇,有的人,特别是孩子会不客气地盯着看,但更多的人会说:她长得很可爱。

米歇尔快六岁了,已经做过22个手术。她活泼可爱,不仅能蹦能跳,还爱说爱笑。有时甚至都嫌她太啰嗦。

"现在是你们最艰难的时候。相信我,从现在开始,情况只会越来越好。"克里丝汀安慰道,语气就像一个母亲安慰自己即将远嫁,泪眼涟涟的女儿。

"你们一定要去临床经验丰富的大医院做手术,"她叮嘱,"离你们最近的一个是纽约大学附属医院,另一个是波士顿儿童医院。两家都有很好的,专门治疗这类综合征的颅颜中心。你比较一下,看看更喜欢哪家。"

我们聊了将近一小时。

放下电话,我长长舒了口气。克里丝汀那开朗、愉快,几乎若无其事的笑声还在我耳边回响。

我第一次感到黑暗中有了一线光明。我们并不是孤零零的。这世上还有像维维一样的孩子,他们和她长得一样,有着一样的面颊,一样的手脚。他们一出生,就经历着她将要经历的无数次痛苦的手术。虽然面临常人难以想象的艰难坎坷,但他们最终将学会坐,学会爬,学会站立,学会走路。他们一样有情有爱。他们笑着,他们活着。

我朝窗外望去,第一次注意到秋天不知什么时候已经悄悄来临。树上的枫叶色彩斑斓。不同颜色的树叶铺了一地,金黄的,红的,紫的,在秋天的阳光下闪烁。风来了,树叶随风轻舞。在麻木、机械地过了一个月后,我仿佛又闻到了生活的气息,又感到了奥尔巴尼秋天那醉人的美。

三年以后,也就是1998年的夏天,克利丝汀一家来东部度假。她在麻省的哥哥家组织了一次阿佩尔氏综合征患者家庭聚会。聚会上来了大大小小二十多人。有来自东北部几个州的,还有远道从密执根州赶来的。我们全家都去了。那是我们首次见到克利丝汀一家,也是第一次亲眼见到成年阿佩尔氏综合征患者。有一个五十多岁的男性患者,出生那个年代没有条件做手指分离,所以除了大拇指,其他四个指头都连在一起。但就是用这样一双手,他从小学会了弹奏管风琴,而且水平不一般,是当地教堂的管风琴手。

那是一次让我至今难忘的聚会。

克利丝汀哥哥家房子很大,后院有一个大游泳池。那天天气很好。大人一边吃着东西,一边聊天,孩子们在游泳池里戏耍。很多人坐在池边,沐浴在温暖的阳光下。我端详这些孩子,观察他们的家长,想象着每个家庭的生活。这些孩子都有着阿佩尔氏综合征明显的相貌特征。眼眶、鼻梁下陷,眼球外凸。他们的手指都是靠手术分离的,短短粗粗,不能弯曲。有的只有三个指头和一个拇指。有的孩子手臂明显比正常人短,活动起来也不灵活。但他们都显得很快乐。家长们若无其事,有说有笑地聊着天,孩子们欢快地在水中拍打水花。好像这世界本来就是一个阿佩尔氏的世界,他们才是这个世界的"正常人"。

后来,听说克利丝汀患了乳腺癌,而且情况不好。我难过极了。以后,就再也没有听到过她的消息。想来米歇尔该有20岁了,真想知道她现在怎么样了。

麻州聚会后，我们又从互联网找到了一个叫"Teeter's Page"的网页。这是一对中年夫妇为她们患有阿佩尔氏症的五岁女儿办的。网站上面有他们女儿的照片、出生的故事和手术的经历。这个网站后来成长为一个阿佩尔氏症的大家庭。不仅有新生婴儿不断加入进来，还有成年病人。不仅有美国的病人家庭，还有世界各地的病人家庭。这个网站是我很多年经常光顾的地方。从这里，我不仅找到了各种信息，还找到了理解，关怀。只有在这儿，我才不感到孤独。读着他们的故事，我有时想笑，有时又想哭。想笑是因为从这里，无论是成年还是幼年患者身上，我看到了希望，我看到虽然面临千辛万苦，他们都能勇敢面对，都能快乐地去生活。想哭是因为他们不断地将我拉回到残酷的现实，让我意识到不能幻想现代先进的医学技术，可以在一夜之间把阿佩尔氏症从女儿身上抹去，它会伴随女儿终生。

在这个大家庭中，有一对年轻的美国夫妇，妻子患有阿佩尔氏症，在一家银行做出纳员。丈夫是个英俊的小伙子，是软件工程师。他们结婚几年了，一直没要孩子，因为他们知道孩子有50%的概率也患上阿佩尔氏症。但他们又很想有个自己的孩子，于是就在Teeter网页征求大家意见，问他们应该怎么办。虽然早期基因鉴定可以测出胎儿是否有病，但他们不会因为孩子有病就去做人工流产。后来经过长时间的思考，他们决定怀孕，不管孩子正常不正常，他们都做好了做父母的准备。一年以后，他们顺利生下了一个健康的男孩。网上大家都为他们高兴。

Those who live are those who fight.
——Victor Hugo
(French poet, novelist)

抗争者得生存。
——维克多·雨果
(法国诗人,作家)

修复心脏
——生命的第一场战役

　　按照克利丝汀给的电话,我们分别与纽约大学附属医院及波士顿儿童医院取得了联系。两家医院都有颅颜中心,专治颅骨颜面先天及后天畸形。这类畸形主要牵涉到脑神经外科、整形外科以及口腔外科。颅颜中心由各科医生组成专家医疗组,制定综合、系统、长期治疗方案。每个中心都有一个协调人,不仅负责本中心的门诊和手术预约,还帮助协调预约其他部门的医生,比如眼科、耳鼻喉科以及手脚外科,这些都是阿佩尔氏综合征患者免不了要经常打交道的部门。

　　与两家的协调人分别通过电话后,我们遂选定了波士顿儿童医院。虽然只是电话交流,但波士顿儿童医院的协调人科梯给我留下了很好的印象。她热情周到,办事麻利,让我有宾至如归的感觉。

　　选择颅骨颜面的主治医院固然重要,但迫在眉睫的不是颅骨颜面的治疗,而是心脏修复。维维这种心脏缺损,如不尽早修复,稍大一点就会出现紫绀、缺氧,危及生命。心脏问题不解决,其他任何手术也都无从谈起。

一开始,医生就告诉我们,法洛四联症的根治需要开心手术。手术中,心脏与肺的功能要靠人工心肺机来替代。婴儿的手术死亡率和体重直接有关。体重越轻,死亡率越高。为了尽快让维维增加体重,医生建议在配方奶里加菜油,以增加卡路里含量。于是,我们每次冲奶时都往里加一小勺炒菜用的油。

奥尔巴尼这个地方不大,但开心手术在这儿也属于常规手术,司空见惯。像维维这样刚刚出生三个多月的婴儿,如果不是有阿佩尔氏综合征,手术在本地做应该不成问题。但由于她情况特殊,容不得半点大意,本地心脏医生建议带她到波士顿儿童医院去做。那里有最好的心脏外科。

医疗保险公司审核了我们的材料,同意本地医生的建议,将支付在波士顿的全部手术费用。我们随即与波士顿的心脏外科取得了联系。这边的医生把她的心脏超声波及其他有关资料传真过去。几次电话后,用不着当面门诊,手术就定在了11月30号。主刀的将是迈尔医生。术后只需住院10天。以后由本地心脏医生定期跟踪复查。

波士顿距离奥尔巴尼180英里。开车需要三小时。11月29号,打点了简单的行装,把维维安顿在婴儿车座上,我们驱车上路直奔波士顿。小农一向是我们家的专职司机。找路认方位,是他的专长。去过没去过的地方他都能找到。据说波士顿市区的路是全美最绕的,但这难不倒他。他显得沉着镇定,胸有成竹。

维维在婴儿车座里一路睡着。这是她的第一个大手术,性命攸关。这时的她,只有十来斤重,心脏怕只有鸟蛋那么大。事先跟迈尔医生通过电话,听他的口气,这种手术是家常便饭,不在话下。

从网上查看,迈尔医生1972年毕业于耶鲁大学医学院,除了就职于儿童医院,还在哈佛大学医学院做兼职教授。把维维交给他,我应该放心。

我不再多想,努力把注意力放在车窗外。

三小时的路程不算长,但一路穿山越岭,道路蜿蜒曲折。已是初冬的北美,枫树上那最后的红叶也被一场冷雨打落,只剩下光秃秃的枝干。层叠起伏的山峦,被松柏覆盖,依然郁郁葱葱。仅仅一个多月前,枫树、白桦树,还是风风火火,争奇斗艳,千姿百态,绚丽多彩。而现在枫叶、白桦叶飘零了,只有松针柏叶,还是那么凝重沉着,从容淡定,一如既往地装点着远山近林。

波士顿儿童医院(Children's Hospital Boston)位于波士顿的长木医学区(Longwood Medical Area)。是美国最大的儿科医院之一,也是哈佛医学院(Harvard Medical School)的合作教学医院。长木医学区云集着医院、医学院和生物医学研究中心。

街上到处可以看到医生、护士和医学院学生模样的人,各种肤色,来去匆匆。这里亚洲人似乎特别多。

儿童医院门前车来人往,川流不息。走进大厅,迎面是服务台。再往里,有书报杂志店、小卖部、小吃店。休闲区摆着长沙发,有电视机、杂志、儿童读物和玩具。长沙发外围有一排鱼缸,各色各样的金鱼在里面悠闲地游着,小孩们站在鱼缸前看。

我们直奔二楼的术前检查处。填表、画勾、签字,然后是量血压、测体温、称重、抽血。等一切弄妥,已是筋疲力尽。

从术前检查处,就被带到了婴儿病房。这是一间双人房,像其他医院一样,每张病床床尾悬挂着一台电视机。病床四周有印着小花图案的拉帘。床是美国医院用的标准小儿活动床,四周有可升降栏杆,带有轮子,可以推来推去。每张床位配有一个床头柜、电话机、壁柜和折叠沙发躺椅。每间病房有一个卫生间。

按计划,维维要在医院住10天。病房的沙发躺椅只能供一个人休息。来之前我们打听到波士顿有一个叫"好客之家"(Hospitality Homes)的慈善组织,专为外地来就医的病人家属提供免费食宿。他们的招牌是:病人家属的"家外之家(Home Away From Home)"。

好客之家全部由志愿者组成。这些好心人家里有闲置空房,就让出来给远道而来的病人家属,让他们住上免费家庭旅馆。

美国各个城市都有类似的慈善机构。最著名的要算"麦当劳大叔之家(Ronald McDonald House)"。

麦当劳大叔之家的主要服务对象,是需要长期住院治疗的儿童癌症患者,为其家属提供免费住宿。它的连锁分支机构遍布全世界三十多个国家和地区。经费主要来自大公司和个人捐款。据说,麦当劳快餐店每卖出一个"快乐儿童餐(Happy Meal)",就捐出50美分给"麦当劳大叔之家"。

来波士顿之前,打了电话给好客之家。我们就被安排到了离儿童医院不远的一个华裔家庭。房东女主人名叫保琳。我跟保琳通过电话,知道她虽然是华裔,但不会说中文。

安顿好了维维,我和小农按"好客之家"给的地址,开车来到一幢砖结构小洋楼前,这是那种老式的,但主人一直精心保养的楼房。小楼被高高的院墙围着。院子里长着几棵大树,还有花草灌木。

按过门铃,保琳迎出来。她看上去四十多岁,中等个头,已经稍稍有点发胖,但挺有风度,年轻时肯定很漂亮。寒暄之后,保琳领我们去看房间。房间在二楼,有家具,一张双人床,收拾得干净整洁。放下行李,又跟保琳去楼下看厨房。

"你们早餐就在这儿随便用,不要客气,像在自己家一样,"保琳说,"我们早上一般就吃面包、果酱。"

我注意到冰箱上有一些照片,保琳介绍说:那是她女儿和儿子,还有她的老美前夫。儿子女儿都长大离开了家,所以有房间空出来作"好客之家"。

"真巧,你们来给女儿做心脏手术,我前夫就是心脏科医生。"她说。

保琳是做房地产的。离婚时,这房子就留给了她。她和前夫关系很好。有一天,她前夫来给保琳送东西,我们正好在,还跟他聊了一会儿。

有了保琳的家庭旅馆,小农和我轮换着,一人住在保琳家,一人在病房躺椅上守着女儿。总有一个人夜里得以伸直腿脚,睡个好觉。

30号一大早赶到医院,维维就被推进术前预置室。主刀医生和麻醉师先后分别来跟我们握手并作自我介绍。麻醉师问了一些问题,又解释麻醉程序,迈尔医生简单解释了手术程序。然后问我们有什么问题。

"Don't worry, we will take good care of her(不用担心,我们会照顾好她)。"每个人最后都这么说。

眼看着维维被推进了手术室。我对自己说,现在就只有听大由命了。

我们来到家属等候室等候。那里三三两两地坐着一些人。有的在看悬挂在屋角墙上的电视。有的随便翻着杂志。有的在用手机打电话。门口前台坐着"手术联络员（Surgical Liaison）"。我们在她那儿签名登记。她说，每隔一小时，她都会跟手术室里面的护士通电话，然后向我们报告手术进展情况。她发给我们一个传呼机，"如果你们要有事离开等候室，比如去餐厅吃饭，就带着它，以便随时能找到你们。"

不一会儿，我们接到手术联络员的首次报告：麻醉师已麻醉完毕，迈尔医生就要开胸了。一小时后，她又报告说：手术正在进行中，一切顺利。

就这样，我们能及时了解到手术的进程。大概过了五个小时，终于听到"手术顺利完成，现在正在缝合"。最后一次报告是：手术进行完毕，维维去了术后特护室。

在这里，医院的规矩是手术一结束，还没脱下手术服，主刀医生就到家属等候室来与家属见面，亲自报告手术过程。迈尔医生穿着浅蓝色的手术服，走过来把我们招呼到旁边的一间会客室。他告诉我们，手术进行得非常顺利。他为维维补上了心室间的缺损，扩充了肺动脉。他能肯定，维维今后心脏不会再有问题，体力活动也不受任何限制，只需定期在当地看心脏医生，每年做一次心电图和超声波检查。

我们长长舒了一口气，一颗提着的心终于放了下去。对迈尔医生既感激，又敬佩。千恩万谢过医生，就急忙赶到术后特护看望女儿。

这也许是维维最生命攸关的一个手术，但又最平淡无奇，无惊无险。也许当时的担心和焦虑,使我的大脑变得麻木,造成了记忆屏障,如今竟然回忆不起当时的很多细节。只模模糊糊记得,手术后维维在特护室呆了四天。当时身上、嘴里插满了管子,胸前长长的刀口上贴着白胶布,总有护士在她床前弄这弄那,不是摆弄她的点滴,就是摆弄那些管子。

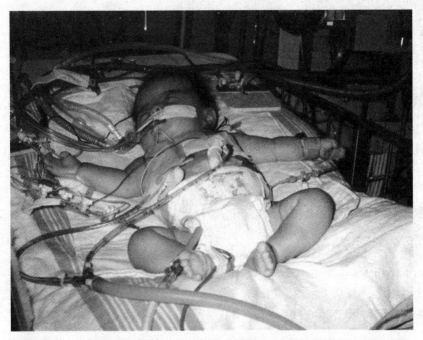

开心手术——维维从手术室出来,到了术后特护室,嘴里、身上插满了管子——1995 年 12 月 1 日

四天后,出了特护,转到普通病房。管子只剩下一两根。她开始自己吃奶,食欲恢复得很快,我们可以把她抱在怀里喂她。记得同房的另一个孩子总是不停哭闹,吵得我们陪床的连夜不能合一下眼。我只有靠安眠药,勉强打个盹。

10 天后,我们如期办理出院手续,离开波士顿,返回奥尔巴尼。

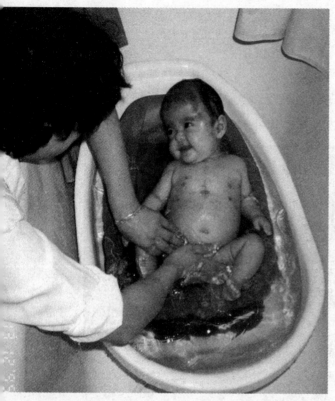

1995年12月10号——开心手术后仅仅10天。维维除了胸口多了一条从上至下,长长的,还有点发红的刀疤,几乎再也找不到任何手术的痕迹

翻开影集,想借照片找回一些失去的记忆。翻到一张维维在小澡盆里洗澡的照片,上面的日期是1995年12月10号,也就是出院的第二天。维维躺在澡盆里,全身浸泡在水中。脸上带着笑容,既安静又有点顽皮。除了胸口多了一条从上至下,长长的,还有点发红的刀疤,几乎再也找不到任何手术的痕迹。

我不禁感叹万分。感叹现代医学的先进,迈尔医生医术的精湛。对迈尔医生的感激之情就又在心头弥漫开来。这是决定性的一个手术。手术的成功为今后的治疗扫清了道路。

我还感叹生命的顽强。从这样一个看似脆弱的小生命身上,我看到了强烈的求生愿望。这么大的手术,仅仅10天的工夫,她就能恢复得几乎完好如初。她就这样微笑着,勇敢地迎着常人难以想象的艰难困苦,无悔无怨,从容自若。她是在用自己的生命,感动着我们,教育着我们。

> Now this is not the end. It is not even the beginning of the end.
>
> But it is, perhaps, the end of the beginning.
>
> ——Winston Churchill
> (British politician, author)

> 这不是尾声,甚至都算不上尾声的开端。
> 但或许,这是序幕的结尾。
> ——温斯顿·丘吉尔
> (英国政治家,作家)

颅颜中心初诊
——漫漫征途的第一步

心脏手术的成功使全家都大大松了口气。

此时的奥尔巴尼,已是腊月寒冬,地面覆盖上了一层白雪。这层雪要到来年开春,才会完全溶化。左邻右舍,门前树后,装上了五光十色的圣诞彩灯。夜色阑珊时,流光溢彩,温馨悦目。

商场购物中心,《铃儿响叮当》,圣诞颂歌,不绝于耳。每到这时节,美国人早已无心工作,天天忙着采购圣诞礼物。要给小孩买,也要给大人买。要给自家人买,还要给亲戚朋友买。上司要给下级买,雇主要给雇员买。学生给老师买,家长要给 Baby-sitter(照看婴孩者)买。常年乘公共汽车的,要给汽车司机买。就连停车场守门的,这会儿也会收到很多小礼物和圣诞卡。

感恩节是人们合家团聚,感谢上天,感谢不缺吃不缺穿,不挨饿不受冻的节日。而圣诞节和新年期间,则是感谢周围的人的日子。

每个人都应该心存一份感激,不为别的,只因为生活中有你,有我,也有他。

每到这时,中国学生就你家邀,我家请,聚会不断。

当时,很多人都有了孩子。聚会上,大人吃饭聊天儿,小孩扎堆儿玩他们自己的,各得其乐。

我们一向喜欢热闹。维维出生后,一切都不一样了,心情不一样了,关注的事情也不一样了。但我坚持不让维维的情况影响我们的正常生活。尽管手术一个接一个,各种医生门诊不断,但我们从不耽误和朋友聚会。不但经常邀请朋友到我们家来,还时常全家出动,牵着四月,抱着维维,带上父母,赶赴朋友家的聚会。

不同的是,无论在哪里聚会,我的心思,总是离不开维维的下一个大手术,那就是颅缝手术。

颅缝手术是阿佩尔氏儿童的第一个大手术。每人都要经过。一般在婴儿出生后三到六个月内完成。目的是把早闭的头骨打开,好让大脑生长。手术一般由脑神经外科配合,颅颜整形外科主刀。

波士顿儿童医院颅颜整形外科的主治医生是约翰·穆里肯医生。

第一次见到穆里肯医生,是1996年1月,那是维维的第一个颅颜门诊。通过电话联系,协调员科特女士干脆利索地安排好了首次会诊的一切日程和手续。这时,保险公司已经熟悉了我们的情况,儿科医生那儿也形成了一套例行的申请手续。随后的每次手术都按部就班,不用陈述特殊理由就能得到批准,给予报销。

于是,在心脏手术做完刚刚一个月后,我们又来到了儿童医院。

这次是在三楼的颅颜中心。

办好了前台登记,核实了医疗保险信息,就坐在候诊厅等候。候诊厅摆着椅子,杂志,儿童玩具。和其他地方不同的是,这里总有一个人,穿着写有"志愿者(Volunteer)"的背心式外套,在一张圆桌边跟候诊的小孩玩。陪他们画画,玩拼图游戏,或摆弄乐高(Lego)积木。候诊的小孩从婴儿到十几岁的都有,有的婴儿头上戴着头盔一样的东西,估计是在做头型矫正。不少孩子是唇裂或颚裂病人。

到了预定的时间,科特领着我们穿过走廊,来到里面的一间诊室。诊室里满满的坐着两三排人,一共十好几个。

"我是穆里肯医生,"前排一个人迎上来,握了握我的手,然后打量着抱在我手上的维维说:"如果我没猜错,这肯定是维维。"

我们在对面椅子上坐下。

除了穆里肯医生,坐在前排的有脑神经外科医生,口腔科医生,其余的像是医学院的实习生。

他们上下打量我们,我们也上下打量他们。

穆里肯医生五十多岁,短短的银白色头发,瘦瘦的脸颊,皮肤看上去有点苍白,目光犀利。他穿得很讲究,黑西装,蓝衬衣,打着红蓝相间的领带。

我心想:这就是我们今后要打10—20年交道的人。维维今后的治疗全得依赖他了。

来会诊前,通过各种渠道,我们找到了一些有关他的资料:

约翰·穆里肯:

1962年毕业于哥伦比亚大学内外科学院(Columbia

University, College of Physicians and Surgeons)

1964—1965：麻省总医院（Massachusetts General Hospital），实习医生。

1972—1974：约翰霍普金斯医院（Johns Hopkins Hospital），住院实习医生。

目前：哈佛大学医学院教授兼儿童医院颅颜中心主任。

从资料上看,他在这个领域小有名气。尤其在医治唇裂、颚裂,以及血管畸形方面经验丰富。他写过不少专业文章,也被不少文章引用。

穆里肯医生把椅子拉近,坐在维维面前,拿出一个压舌板看了看维维的上颚及喉咙,又用手摸了摸她的头顶和眉骨,然后看了她的手和脚。

他把我和小农看来看去,说:你们东方人,本来脸就比较扁平,鼻梁不高,眼眶不深。所以,阿佩尔氏综合征的症状在东方人的脸上不像西方人那么明显。

他又转过身,对着那两三排人说:"你看,维维爸爸妈妈的眉骨和眼睛基本在一个平面上,不像白种人,眉骨、鼻梁比眼睛高出一大块儿。"

我想,怪不得维维不像照片上那些孩子看上去那么吓人。原来还有人种的原因。

"所以,"他说,"无论是做维维的额头、眉骨或鼻梁,都要考虑到她是东方人这一特点。"

他说话时,就好像一个雕塑家在谈论一件尚未成型的作品,津津乐道。有些家长说他人情味不够,可我喜欢他实话实说的风格。

那些实习生毕恭毕敬地听着,不住地点头。

接着,他言归正传,详细地向我们解释维维的治疗方案。

第一步,要打开颅缝,并修正前额和眉骨的形状。婴儿越小,头骨越软,额头、眉骨的重新造型越不容易。因此,手术时间最好尽量晚一些。来这以前,维维做过脑 CT。结果显示,没有脑积水,也没有脑压过高的迹象。看起来,颅缝手术不是迫在眉睫。他建议等到 4 月份或 5 月份,也就是维维八到九个月大时再做。

颅缝手术后,维维应该立即开始手指分离手术。争取在两岁之前,完成所有手指分离。婴幼儿大脑的发育,和手脑协调并用紧密相关。如果没有手指,不能用手抓东西,探索周围世界,大脑发育将受到影响。

颅缝分离,眉骨、前额再造手术后,维维的下一个颅颜手术,将是中部颜面骨的外移手术。手术的时间取决于个人的具体情况。有的儿童,因为中部颜面骨下陷严重,压迫呼吸道,造成大脑长期供氧不足,智力发育受影响。这样的儿童要尽早施行中部颜面骨外移手术。而对于另一些儿童,只要没有紧迫需要,应尽量推迟手术时间。因为手术如果做得太早,随着儿童的不断发育生长,中部颜面骨仍然会生长缓慢,跟不上上部和下部颜面的生长,可能有必要再次施行外移手术。

单从病理解剖考虑,中部面骨外移的最佳时间应是儿童生长发育基本完成以后,也就是 14 岁至 15 岁。但出于儿童心理和社会因素等方面的考虑,一般建议在 10 岁至 12 岁左右完成这个手术。这个年龄,儿童开始意识到自我外貌的重要。他们极力想有一个接近正常的外貌,以被同龄儿童接受。而中部颜面骨手术是使他们外貌得到改观的唯一希望。这对他们青春期心理健康成长至关重要。

　　以上只是一些主要手术。在这些大手术之间,会有很多小手术。例如,几乎100％的阿佩尔氏综合征患者,眼睛会受到不同程度的影响。通常是弱视,斜视,需要手术纠正。有的儿童中部颜面骨下凹严重,致使眼球外凸得连眼睛都闭不上,长此下去有失明的危险。这种情况下,中部面骨外移要尽早做。但手术之前,先要把上下眼皮暂时缝合,以避免视力永久性丧失。

　　经常伴随阿佩尔氏综合征的,还有颚裂。颚裂的婴儿吃奶时,奶会被吸入鼻腔,呛入气管。所以如果孩子有颚裂,要在其他手术前,首先修补。

　　一般,阿佩尔氏综合征儿童一共要经过15—25个手术。

　　谢天谢地,维维没有颚裂,没有脑积水,也没有眼睛鼓得闭不上。这也许还要归功于我们的黄皮肤祖宗呢。但这也意味着,要到她10岁以后,医生才会给做中部颜骨手术。在这之前,她的容貌不仅不会有大的改观,还会变得更差,因为中间脸部的生长要比上部和下部迟缓。

　　"那智力呢?"我问,"她最后智力会怎么样?"

　　"这些孩子的智力差别很大,"他说,"有脑压的关系,多次手术的关系。"

　　"一般他们的智商应该是父亲的加母亲的,再除以二吧。"他开玩笑说。

　　告别了儿童医院,离开波士顿,已是黄昏。

　　一路上,小农和我都沉默不语,心情沉重。

　　我还在回想刚刚听到的一切,心头像有千斤重量,压得我喘不过气来。眼前长路漫漫,没有任何捷径。五年,十年,十五年,维维要经历多少手术,多少痛苦和煎熬?即使这样,她也永远不会有完全正常的面容,正常的手脚。即使穆里肯医生,大名鼎鼎,医术高超,也不是魔术师,魔棒一挥,就把阿佩尔氏综合征从女儿身上一扫而光。她上了学,一定会被同学取笑。有哪个小孩会跟一个长得怪怪的,没有手指脚趾的孩子交朋友?她的生日派对,能像别的孩子那样,气球飘飘,笑声朗朗?她能有小朋友的簇拥,堆成山的礼物,燃着蜡烛的蛋糕,齐声高唱的"祝你生日快乐"?

我不让眼泪涌出来。车窗外,夜幕已经降临。路上车不多,四周一片漆黑,只有车前的马路,被车灯照亮。白色的灯光不断地向前延伸着,无休无止,没完没了。

Happiness is not a state to arrive at, but a manner of travelling.
——Margaret Lee Runbeck(American Author)

幸福不可达,却在旅程中。
——玛格丽特·李·伦拜克(美国作家)

早期智能训练

维维夜里呼吸仍然很吃力。这成了我最大的心病。她睡在我身边,只要一听到她憋气,我的胸口就跟着缩紧,好像自己也喘不上气。医生开过几种收缩鼻窦的药水,但效果不大。找不到什么灵丹妙药,只好还是用我自己发明的土法:用压舌板压住舌头,不让它堵住呼吸道。一听到她的呼吸顺畅了,我的呼吸也就顺畅了。

这时的她,夜里还要吃几次奶。每次一哭,小农就起身,迷迷糊糊去厨房,从冰箱里拿出配好的配方奶,在微波炉里热了,回卧室,递到我手上,倒头接着睡。我接过奶,把压舌板换成奶瓶,还是一只手扶着,一边喂,一边迷迷糊糊又睡。两个人一条龙流水作业,配合默契。

儿童医院的会诊让我们对今后治疗的长期、复杂和艰巨有了初步认识。按计划,颅缝手术要到5月份才做。这意味着,我们有四五个月没有手术的消停日子。这简直就是一种奢侈。以后的几年间,恐怕再也不会有这么消停的日子了。因为颅缝手术后,手指分离手术即将开始。那将是走马灯式的门诊、手术、拆石膏。夹在这中间的,可能还会有其他阿佩尔氏儿童的常见手术,例如眼睛手术,扁桃腺手术,等等,等等。

趁着这个空当儿,我集中精力,赶写博士论文。

初稿完成以后,递交给答辩委员会成员。论文随即通过了委员们的审查,最后的答辩就定在了4月份。

初春的奥尔巴尼,冬天的最后一片积雪,从房前屋后的草地上匆匆消失。梨花,海棠花,迎春花,玉兰花开满了枝头。外公外婆总是抱着维维,在院子里看花赏树,一边给她唱着儿歌。

我在家准备论文答辩的幻灯片和讲稿。但经常走神,主要是担心维维的大脑发育。颅缝手术会不会做得太晚?她的脑压会不会因而升得太高?她的智力发育会不会因此受到不可逆转的损害?

我一直到处查找关于这种综合征对智力的影响,又问过医生,但都得不到确定的答案。1988年发表在某个医学杂志上的一篇文章,报道了对29个阿佩尔氏综合征患者智力的长期跟踪研究。29人中,14个人的智商在70—100之间,属于正常或基本正常。其中9个人智商50—70,属于轻度弱智。4人智商35—50,中度弱智。还有两人智商低于35,严重弱智。

这似乎说明了一点,患者有可能智力正常或接近正常,也可能严重低下,个体差异很大。

维维一出生,全家人就密切关注着她的智力成长。观察着她的每一点进步。三个月,该是会翻身的时候了,她会翻了吗?七个月,该是会坐的时候了,她是不是会坐了?还有"八爬",八个月了,她是不是会爬了?如果她没有三翻七坐八爬,那究竟是因为手术,还是这个病本身造成的?好像谁也说不清楚。

为了帮助像维维这样的儿童正常发育成长,美国各州都有免费疗育服务。在纽约州,这种服务分为"早期疗育服务"(Early Intervention Services)和"特殊教育"(Special Education)。

早期疗育服务针对0—3岁的学前儿童,经费一般由州政府卫生部提供。三岁以后,服务由儿童所在学区接管,并改称为特殊教育。

享受服务的儿童,要么有先天或后天生理缺陷,要么经过专家鉴定,认定有智障,或生长发育迟缓。还有的儿童只是学习吃力,经家长要求,也能得到准许,享受特殊服务。

早期疗育包括言语治疗(Speech Therapy)、体能治疗(Physical Therapy)和职能治疗(Occupational Therapy)。言语、体能、职能治疗师一般不是政府或学校的正式雇员,而是和政府签有合同的个体职业者。他们为客户服务后,政府按小时发给他们工资。

维维一出生,政府社会福利部就安排了言语、体能和职能治疗师到家里上门服务。每人每周来两次,每次一个小时。这些训练对她的智力成长有不小的帮助。

每隔半年,我们就带她去做一次智力发育检测。这也是政府免费提供的。小的时候,是测试会不会翻身、直坐,会不会爬,会不会笑和发一些简单声音。后来大一些了,就让她认图形,颜色,摆积木。每次检测结果,都说她的智力发育属于正常范围,但精细动作技能明显落后,原因是她没有手指。

语言发育落后是阿佩尔氏儿童不可避免的。因为他们的颜面骨、上下颚、牙床的发育均不正常,造成发音障碍。而几乎不间断的手术,一次一次的全身麻醉,以及术后身体的各种机能要全力以赴地用于伤口的恢复,更是雪上加霜。因此,他们说话比正常孩子要晚得多。有的到了三四岁,甚至五六岁还不能清楚地表达意思。有的虽然能说,但咬字发音不准,很难被听懂。

在这种情况下,言语治疗就非常重要。一方面要教发音说话,另一方面要教手语。手语可以在暂无语言时,让孩子表达意思。

维维的第一个言语治疗师名叫丽兹。她三十多岁,瘦高个,褐色头发。她告诉我,婴幼儿的语言发育,前三年是关键时期。首先从声音识别开始。一生下来,婴儿就意识到自己的哭声不仅能带来食物,还能带来大人的安抚。因此哭声是他们的最早语言。六个月时,多数就能够分辨母语的基本音节,而且会发简单的、一个音节的声音。六个月到一岁半,婴儿开始说单音节词。有些还能说三四个字的句子。

最初,丽兹每次来,都戴上医用橡皮手套,把手伸进维维嘴里,按摩脸部、唇部肌肉。又用冰块摩擦嘴周围的地方,说是为了增加肌肉敏感度,对语言发育有帮助。她教了维维一些手语。维维跟她学的第一个手语是"More"(还要)。后来,她就教维维字母和发音。有时一堂课下来,话说得太多,嗓子都说哑了。

我们平时不停地跟维维说,唱,念儿歌。就在这种中英双语的环境下,维维学会了说话。虽然她的发音不准确,不清楚,开始很难听得懂,但总的来说,并没有迟缓太多。

在当时的记事簿上,我记下了维维的许多第一次。和语言、表达有关的,这样写着:

95年10月26日（8周）：第一次把右手放到嘴里。

95年10月31日（9周）：第一次微笑。

95年12月12日（3个月23天）：第一次咯咯笑出声。

96年9月21日（一岁零一个月）：第一次叫"爸爸"。

另一项育疗服务是职能治疗。它侧重于"精细动作技能"（Fine Motor Skills）的训练。精细动作技能不仅包括职业技能，比如书写、打字、操作仪器，也包括生活技能，比如穿衣、刷牙、系鞋带、拉拉链、扣扣子，还有使用剪刀，等等。对婴幼儿，多是通过玩玩具，拿蜡笔涂色，搭积木，拼图等活动，训练手脑之间的协调配合。

维维的职能治疗师朱迪每次拿来各种小玩具，陪着维维玩。维维没有手指，就用大拇指和整个手掌抓东西。后来手指分开了，但因为缺少能活动的关节，手指不能弯曲，不能握拳，抓东西仍然困难。

直到今天，"精细动作技能"都是她困难最大的方面。比如，她不能扣扣子，不会系鞋带。一直都只能穿套头衫，或有拉链的衣服。鞋只能穿不用鞋带，而用尼龙扒扣的。

维维两岁多的时候，穿外套还需要别人帮忙。朱迪教了她一个办法：先将外套里子朝上平铺在地上。人站在领子上方，附下身将双手同时插进袖管，然后站立起来，从前方把衣服向后举过头顶。哧溜一下，衣服就穿在了身上。此后，维维穿外套再也无需别人帮忙。

不同于职能治疗，体能治疗侧重于"粗运动功能"（Gross Motor Skills）的训练。

维维的体能治疗师杰米,也只有三十多岁的年纪,浅褐色卷发,总是笑眯眯的。起初,她把维维放在一个大充气橡皮球上坐着或趴着,自己则跪在地上扶着,前后左右让球在地上来回滚动,目的是增加腰部和上身肌肉强度。后来维维大一点,就教维维站立,行走,上下楼梯。每次到家里来,总是带一些大玩具,有钻的,有爬的,让维维不停地钻爬,她自己也总是累得满头大汗。

体能治疗师杰米在维维三岁之前每星期到家里两次为维维做体能训练——1996年2月初,维维5个月

除了每星期上门服务两次,三个治疗师还定期和我们开会,讨论进展,制订计划。早期的言语治疗对维维有很大帮助。体能育疗也使她得益不小。但精细动作技能方面,并不是靠职能育疗就能改善。职能育疗只能帮助她,采用不同于常人的其他方式,来做生活和职业上的事。

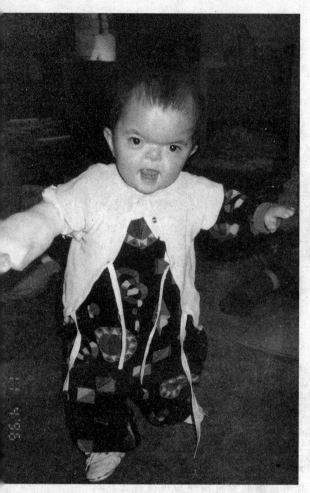

1996年11月4日——14个半月时,维维迈出了独立行走的第一步。这是一个重大的里程碑,一个值得庆祝的日子

维维一岁前经受过两次大手术,一次开心,一次开颅,每次手术后,由于身体需要恢复,她的发育都会暂时停顿。她的双脚先天畸形,所有脚趾都连着不说,还只有左脚勉强能全脚掌着地,右脚只有脚后跟能着地。所以,学走路是一大挑战。但维维似乎很有点"粗运动"天赋,即使双脚有多方面残缺,在学走方面并没有落后多少。四个月的时候,她学会了坐在学步车里,双脚蹬地,倒退着满屋子转。客厅,厨房,卧室,没有她去不了的。她从来也没学会过爬,但十个月的时候,她学会了躺着,双脚蹬地倒着往前冲。

我永远忘不了1996年11月4日。那天,14个半月的女儿,摇摇晃晃,迈出了独立行走的第一步。她刚刚做完一个手指手术,右手上还打着石膏。那一刻,全家老小眼泪飞,掌声起,欣喜,激动,自豪,可想而知。

14个月学会走路,在正常孩子中也不算太晚。在阿佩尔氏儿童中更算超前。他们多数都要到 2—3 岁才学会独立行走。而女儿虽然经历了 3 个月时的开心手术，9 个月时的开颅手术，又正在做着手指手术，能 14 个月学会走路，怎么能不让人兴奋，不让人自豪？刚出生时，我还担心过她是不是要终生坐轮椅呢。此刻，我想，女儿又跨越了人生的一个里程碑。每个里程碑对她来说都要比别人来得艰难，要比别人多付出几倍的努力，但她终将会跨过去。

四月教妹妹怎么用手语表示"还要"——1996 年

I love the man that can smile in trouble, that can gather strength from distress, and grow brave by reflection.

Tis the business of little minds to shrink; but he whose heart is firm, and whose conscience approves his conduct, will pursue his principles unto death.

——Thomas Paine (American Author)

我爱那些面对困难微笑的人，那些能从危难中积聚力量、经过反省让自己变得勇敢的人。只有渺小卑微的心灵才会退缩，但那些意志坚定的人，那些用良知指引行动的人，将会坚守自己的原则至死不渝。

——托马斯·潘恩（美国作家）

# 颅缝手术

儿童医院颅颜中心的科特把颅缝手术安排在了1996年5月下旬。这个手术,从一开始就不像上一个心脏手术那么让人放心。也可能是因为手术的结果太不确定。打开闭合的颅缝不是问题,可前颚和眉骨会做成什么样?怎么就能断定手术是否成功?也许是看惯了,我们并不觉得她的额头和眉骨有多么不正常。外婆一再说:我看她挺好看,为什么要做额头?她的眉毛骨怎么不好了?如果做完,前额、眉骨还不如以前,那该怎么办?

4月份,我论文答辩。之前,为了让我休息好,小农一个人担负起了夜里照管维维的任务,我则专心准备论文。答辩的前一天,自己在家卡着时间预演了一遍,没有什么问题。当天一大早,穿上唯一的一套稍微像样的西装,出门前,还不忘和爸妈及两个女儿分别合了个影留作纪念。

1996年4月论文答辩那天,维维出生不到八个月,出门之前和两个女儿合影留念

博士论文答辩是件大事。它意味着七年的艰辛终将有结果。意味着22年之久的学生生活将成为过去。它是我人生的又一个里程碑,意味着一个新的阶段即将开始。

在答辩委员会老师前讲完了我的科研结果,最后向所有的人致谢。谢过老师,再谢家人。想到过去这八个月发生的事,我一度哽咽。八个月前,一夜之间,我的世界发生了天翻地覆的变化,将我抛到了几乎崩溃的边缘。回想起来,既像昨天,又像过了整整一个世纪。

谢天谢地,答辩没有遇到什么难题,顺利地过了关。

按照预先计划,我留在导师手下做博士后研究。从拿奖学金,变成拿三倍于奖学金的博士后工资,除此之外没有什么别的变化。照样是每天去实验室,接着做同样的课题实验。一边整理实验结果,将论文缩写成文章,希望能在刊物上发表。而此时,我更能集中精力,为维维的下一个大手术做准备。

初夏,树叶从嫩绿渐渐变成深绿。花粉随着微风吹拂,在空气中四处飘散。周围尽是花粉过敏的人。电视台每天早晚都有当天花粉浓度的报道。很多来美多年的中国人,也一个一个地染上了过敏症。一到春夏,就鼻涕眼泪的,喷嚏打个不停。

手术的前几天,维维开始流鼻涕,出现感冒症状。看情况不像过敏。要是感冒,手术就不能如期进行。这种大手术,身体必须在最佳状态,不能有任何疏忽大意。抱着侥幸心理,我们还是按预定时间来到了儿童医院术前门诊部。

果然不出所料,护士用听诊器仔细听了她的肺部,又量了体温,测了血压,说:"她体温偏高,鼻子也堵塞,可能是病毒感染。"接着她拨通电话,跟麻醉师和穆里肯医生商量手术是不是改期。商量的结果是:手术必须取消,重新约为7月8日做。

为了这手术,我们做了长时间的心理准备,事到临头被取消,真是失望至极。

我更担心的是，推迟手术，她的脑压会不会太高？对她大脑发育有没有不良影响？从资料上看，脑压过高的症状是头疼，呕吐。头疼她还不会表达，呕吐在她是常事，一染上肠胃病毒就要呕吐一两天。所以很难从呕吐断定脑压是不是过高。

夏日的天气更增添了我的焦虑和不安。好不容易熬到了 7 月 8 日。

这次，术前检查安排在手术的同一天早上 7 点。我们一大早 4 点钟就从家里出发了。下午的手术最难熬，因为前一天开始就不能进食，不到中午就已是饥肠辘辘。小孩饿得哭，大人干着急。每一分钟，都备受煎熬。

术前检查最让人揪心的是抽血。因为她的血管难找而且太细，每次抽血，总要换几个地方，才能扎到血管。我总是抱她坐在腿上，抓紧了她的小胳膊，不让她扭动。每一针，伴着她的尖声哭叫，都像扎在我心上。谢天谢地，这次居然一针就扎出了血。我舒了一口长气。

在手术前置区等了很久。直到下午 1 点，手术才正式开始。

看着维维被推进手术室，我几乎不能自制。

自她出院以来，我已不再哭泣。可这一刻，眼泪却不听话地一个劲儿地流下来。

因为手术前要做脑 CT，还要把头发剃光，等手术联络员来告诉我们："Dr. Mulliken just made the incision"（穆里肯医生刚刚做了手术切口），已经是下午 4 点钟。

整整五个小时，我们在家属等候厅焦急地等待着。手术联络员不时向我们报告手术进程。直到夜里 9 点半，我们才被带到术后特护，见到了女儿。

颅缝手术

我和小农小心翼翼地走近她的床边。

她的头被白纱布裹住,一根小指粗的管子从纱布下通出来,掺着体液的粉红色的血水不停地从管子里流出来。她的嘴里插着呼吸管,接在呼吸机上。她脸上、身上的皮肤因水肿,变得晶莹透明。床边各种监测仪器上,数字、指示灯闪烁不停。护士在床边上上下下忙碌着。她还在麻药的作用下,对于我们的轻声呼唤,毫无反应。我看着她,尽量不让泪水模糊了视线。

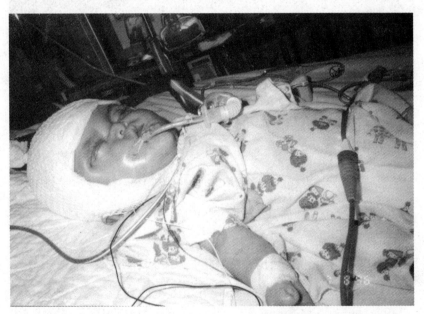

颅缝手术——维维的头被白纱布裹住,一根小指粗的管子从纱布下通出来,掺着体液的粉红色的血水不停地从管子里流出来。她的嘴里插着呼吸管,接在呼吸机上。她脸上、身上的皮肤因水肿,变得晶莹透明——1996年7月

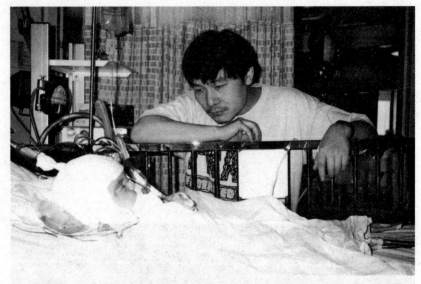

颅缝手术——维维从手术室出来，头包扎得像个小伤兵。爸爸一脸伤心地看着女儿——1996年7月

穆里肯医生向我们讲述了手术的过程。

他从头顶切入皮肤，刀口从左耳上方一直到右耳上方。皮肤切开后，他将皮肤和头骨分离。他切开早闭的颅缝。他随后把额头骨包括眉骨取下，分成两块，然后左右交换，把左边半块换到右边，把右边的装在左边。

他说，这样是为了让额头形状更接近正常。最后，他用螺丝和不锈钢片，将一片片骨头固定住。这些钢片和螺丝，待骨头愈合后，需要再一次手术取出。

直到今天我也没弄明白，左右掉个个儿，怎么就能给额头一个好形状。

后来在病房，穆里肯医生的助理实习医生卡尔来查房。他毫不隐晦，更生动形象地描绘了手术的情景。他把这种手术比作木匠活：把头骨锯下来，沾着水连磨带挫，弄成需要的形状，然后

装回去,用螺丝固定住。

他们的口吻就事论事,坦率自然。我努力不去想他手下的操作对象是一个活人,更不去想,那个活人就是我未满周岁的女儿。

如果说,10年后的中部颜面骨牵引手术是最艰难焦心的手术,这次可以说是仅次于那次。接下来的几天,维维头上管子里流出的液体总不见减少,疑是有脑脊液体泄漏。到了第六天,液体才减少到可以把管子去掉。

那天,她终于又有了笑容。虽然头还包扎得像个小伤兵,眼睛和面部还肿着,可她笑得很好看。

两周以后,拆掉了绷带,肿也消了。虽然还没看习惯她的新额头,但不得不承认,她的额头的确平滑饱满了,眉骨的位置也正常多了。

手术拆线,看似小事,却让人揪心。长长的刀口,横跨头顶,几十上百针要拆。维维大哭大闹,根本不予配合,弄得护士和我都满头大汗。

我发现,拆线其实很简单,关键是要有消过毒的工具。于是以后的手术拆线,就自己干了。从医院拿回来一次性专门用来拆线的小剪刀、小镊子。晚上趁维维熟睡时,先用小剪刀把缝线一针一针剪断,再用小镊子把线头一个一个揪出来。神不知鬼不觉,线就拆了。省了去诊所,也省了维维揪心的哭闹。此后,我就一发不可收拾,成了维维的专业家庭护士。拆石膏,放血,换药,清洗伤口,只要能在家干的,绝不去医院。

我从小胆子就大,不怕血。在甘肃山丹农场跟父母下放时,插队知青养了一条大黄狗。那时候,人都没有吃的,别说狗了。

我经常弄点东西给狗吃,狗就跟我特别好,把我当成了它的小主人。不知为什么,我从小对打针换药特有兴趣。从卫生队偷来一个注射器给狗打针,又抓来青蛙做解剖,看它肚子里到底都是什么玩意儿。很小我就帮着家里杀鸡放血。后来报考大学,第二志愿填的是军医大学。只可惜没做成外科医生,要不,这会儿用处可就更大了。

波士顿儿童医院弄来了几条漂亮温顺的大狗,逗孩子们开心——1996年7月

At the end of life, our questions are very simple:

Did I live fully?

Did I love well?

——Jack Kornfield

(American Buddhist Teacher, Author)

在生命终结时,我们的问题很简单:

我的一生是否充实?我是否用心地去爱过?

——杰克·康菲尔德(美国佛法教师,作家)

十指连心

维维出生之前,我看到刚出生的婴儿,从来不会去注意他是不是十指健全,因为那是再自然不过的事。谁还没有十个手指?

自从维维出生后,我总会不自觉地先去查看那婴儿的双手,看看是不是每个手上都有五个指头。在我的下意识里,有十个健全的手指,已不再是理所当然,而成了一种奢侈。

每当看到有着十个能弯能曲,活动自如的手指的婴儿,我都会十分羡慕地想:这真是个幸运的孩子。

有一天我问:"维维,还记得你的手指手术吗?"

"嗯,我记得两次大拇指手术,是在二年级的时候。"她说,"一次是圣诞节前,第二次是来年的4月。两次手术前,让我选石膏的颜色,我都选了鲜亮的粉红色。四月和我的同学还在石膏上画画题字。"

我稍稍有点诧异。在孩子的记忆里,最清晰的竟然是石膏的颜色和同学的题字,而不是手术本身。让我们大人刻骨铭心的却往往是全然不同的东西。难怪儿童医院对于颜色和味道特别用心,想方设法在孩子们不愉快和痛苦经历中,添加一点乐趣。每次手术前,不仅让孩子选择石膏颜色,还可以选择液体药物的味道,是喜欢草莓味的,还是橘子味的?

最让维维害怕的,不是手术本身,不是麻醉苏醒后的呕吐,也不是恢复期的疼痛,而是麻醉前一刻,那几十秒钟笑气的味道。每次进手术室前,她都为了这几十秒而哭个不停。她说,我最恨的就是那个笑气的味道。我不知那是什么样的味道。可是医院偏偏没有让选择笑气味道一说。

值得庆幸的是,维维的手指分离手术多是在两岁前完成的。对两岁以前的事儿,她没有清晰的记忆。很难确定这些早期的手术在她幼小的潜意识里,是不是留下了印记,是不是对她的性格和心理有什么潜在影响。三四岁以后,手术不像以前那么频繁了,她隐隐记得几个眼睛手术。而七岁以后的两次大拇指手术,她记得清清楚楚。

"对了,"她接着说,"第二次大拇指手术后,是你自己在家把钢钉从我的大拇指里拔出来的。"

不说我倒忘了。矫正拇指,需要把骨头用一寸长的钢钉固定住。三周后石膏拆去时,要把钢钉拔出。这时我已练就了一身医护本领。做第一只手去拆石膏时,注意看了医生怎么拔钢钉。第二次,自己在家先把石膏拆除,然后对女儿说:"转过头去,不要看。"拿了小镊子,沉着镇静,慢慢把钢钉一点一点抽出。再问女儿疼不疼,她说:一点儿不疼。我心里那个得意,就别提了。

说完这番话,她又回到电脑上,埋头写她的东西。最近,她迷上了写《哈里·波特》的演绎篇。

网上有一群哈里·波特的青少年粉丝,写了演绎篇就拿上去发表。他们既是作者,也是其他演绎篇的读者,还写跟帖相互评论。维维此时已经在网上发表了 28 篇演绎小说。

她的两手比正常人小,手指也显得短小,此时在键盘上飞快地移动着。她打字时,基本上只用大拇指、食指和无名指,但速度却非常快。

看着她在键盘上飞舞的双手,我又想起在婴儿出生室听到她手指并连消息时的情景。当时像噩梦一样出现在我脑海的,是带着没有指头的女儿走在公共场所,旁边有一大帮人围观,指指点点,像看怪物一样看她的双手。

还记得第一次去婴儿特护病房看她。那是我第一次有机会仔细观察她的手。那双手是那么小,除了很短的大拇指外,其他指头都包在近乎透明的皮肤里,像戴了肉色的无指手套。

这使我想起小时候在山丹农场,住在场部养鸡场。鸡场用日光灯照射鸡蛋进行人工孵养繁殖。每年到了孵小鸡的季节,都会看到一些没能成活出壳的小鸡,蜷曲着的身体包裹在薄薄的透明带中。如果小鸡活着挣脱了透明带,就会在自己的蛋壳上啄个洞钻出来,这样,小鸡就诞生了。它会很快站起来,蹦蹦跳跳,叽叽喳喳叫着开始觅食。我想象着女儿的小手是包在透明带里的小鸡。只要用手术刀把那层包着的皮肤刺开,四个指头就会像出壳的小鸡一样脱颖而出。

可是现实远不是我想象的那样。

阿佩尔氏儿童的手指,根据并连程度,可分为三类。最严重的第三类,整个手包括大拇指并在一起,不仅皮肉相连,骨头也连成一整块。第二类并连稍好一些,拇指是分开的,其他四指并在一起。第一类并连程度最轻,拇指小指均独立,只有三指并连。最严重的第三类并连,靠手术通常只能做出三个或四个手指。一类并连的,多数可以做出五个指头。而居中的第二类并连,能不能做出五个手指,要看每个人的具体情况。不仅要看是不是有供应五个手指的软组织和韧带,还要看是不是有足够的血液供给。如果这些条件不满足,即使分出了五个指头,也有可能不是不能动,就是因供血不足而坏死,最终不得不被截掉。

维维的手属于第二类并连。连在一起的四指,基本上只是由软组织和皮肤包着。只有中指和无名指的骨头,在指尖处的一小段上有融合。但是医生说,手术能否为她分出十个手指,还是个未知数。

我以前只听说过有六指的孩子。还从未听说过,孩子天生会手指脚趾并连,更是做梦也没想到这种事会发生在自己的女儿身上。我不止一次地想象着她能像其他孩子一样,有十个完好,能伸能屈,修长漂亮的手指。一岁半的时候,她应该能用彩色蜡笔涂色画画。两岁的时候,她应该学会用筷子。五岁她应该去学钢琴,或小提琴。七岁的她就应该自己梳头了,我会教她给自己编各种漂亮的小辫子。十岁可以学着织毛衣,钩花边。她应该想打垒球就能打垒球,想打篮球就能打篮球。这些难道不是一个人与生俱来的本能吗?它应该像呼吸一样自然,用不着努力。你甚至从没有特别注意到它的存在,但它一直伴随着你。

起先,我对现代医学抱有过高的期望,以为手术可以给女儿十个不仅外观正常,而且功能齐全的手指。后来才知道,不仅能否分出十个手指不是定数,即使有了十个指头,不仅外观上不会像正常手指,而且因为没有关节,功能上也不能像正常手指一样。它们看上去会像小胡萝卜一样短粗,它们不能弯曲,不能握拳。任何我们习以为常的活动,女儿都要经过不懈的努力才能做到。有些细微动作,比如系鞋带,扣纽扣,可能永远也难以做到。

从阿佩尔医生1906年第一次描述了这种综合征到1992年,时隔整整近90年,人们才首次发现,造成这种病症的是一种叫"成纤维细胞生长因子"(FGFR2)基因的自发突变(Spontaneous Mutation)。这种突变不仅影响胎儿全身骨骼在母体里的形成,而且婴儿出生后,还继续影响其骨骼的生长发育。基因突变在生物复制过程中随时发生。多数突变是"中性突变",不仅无害,而且是达尔文物种进化的动因。但当基因错义突变,后果就会很严重。

FGFR2基因的突变,不仅影响颅骨、面骨、手指脚趾,严重的还影响到肩关节、肘关节和脊椎。而且是渐进性的。听说有的患者随着年龄的增长,手臂慢慢变得不能举过肩膀,梳头洗头就成了问题。还有的孩子肘关节完全是僵硬的,呈一个永久的L形。现代医学发展到今天,始终没有解决人造关节的问题。听说主要是没能找到替代软组织和韧带功能的办法。

值得庆幸的是,维维的肩肘关节基本正常,至少目前如此。也许不像正常人那么灵活,但她的肘关节能伸能曲,手臂也能举过肩膀。

手指分离需要多次手术才能完成。一般一次只能分出一两个指头。这是因为分离之后,手指之间需要植皮。每次都是从大腿根部取下皮肤,移植到两指之间。这样就使得每次手术后,都有两处伤口需要愈合。如果一次做太多根手指,造成太多伤口,就不利于恢复。

另外,医生一般不主张在两只手上同时做分离手术。因为每次手术后,要打两三个星期的石膏。如果两只手都在石膏里,孩子的正常生活就会被完全打断,这样不利于孩子的成长发育。

维维手指的分离手术于1996年10月开始,当时她刚满一岁。在一岁和两岁之间,一共做了五次。手外科医生先分开了两个小拇指。这时,医生还不能断定她是否有足够的软组织和血脉,来供给五个独立的指头。我们不敢期望过高,一边做好了她只有三个手指的心理准备,一边暗暗祈祷医生能给她分出第四指。虽然单从功能考虑,三个手指和四个手指的差别并不大,但从外观上,还是有很大区别。

直到1997年,分出了无名指后,医生才肯定地告诉我们,他能够让维维每只手上有五个指头。当时,对我们来说,这无疑是一个特大喜讯。

比起心脏和头骨手术,手指的手术相对容易多了。每个手术一般只需三个小时。手术后在术后特护观察几小时,确定她从麻药中完全苏醒,并开始喝水和正常小便,就转到普通病房。最最让人揪心的,是麻醉后的呕吐。一开始喝不下水,一喝就吐。每次即使用了止吐药,也还是要好几小时呕吐才能停止。呕吐一停止,她最想吃的是冰块儿,再就是冰淇淋或刨冰。医院每个病房区都有一个厨房,冰箱里总是备满了冰淇淋、冰棍和刨冰,免费提供给病童。维维总是先把冷饮吃够了,晚饭时才有胃口吃一点正餐。第二天下午如果一切正常,就可以出院回家了。石膏在手上戴两个星期,回到医院摘除,一次手术就算完成了。完成一个后,马上又开始下一轮。就这样,轻车熟路,我们比以前更频繁地往返于奥尔巴尼和波士顿之间。

这期间,也有过几次惊险插曲。

有一次,做完手术刚刚开了三小时车回到家,还没喘过气来,就听见外婆惊叫:哎呀,不好了,她把石膏弄掉了。定睛一看,可不是,不到两岁的她,不知怎么把手从石膏里脱了出来。手指上的白纱布留在了石膏里,新分开的指头之间,粉红色的皮肉裸露着,缝线清晰可见。石膏则滚落在地。

我大惊失色,一边拨着儿童医院急诊处的电话,一边试着把她的手塞回石膏中。幸好一般为了拆起来方便,石膏打上时就是先锯开成两半再合起来,用胶布缠紧固定的。我把她的指头包扎好,用石膏重新固定住。这时,联系上了医院急诊,让我们立即动身,连夜返回波士顿。等到达医院,已经是后半夜。医生看过我做的包扎,说:"你弄得很好嘛,我也不过就是这么重新包扎一下就好了。"

我松了口气,心想,早说我们就不用心急火燎地赶回来了。

随着指头一个一个被分开,维维需要不断地学习使用她新得到的手指。因为没有关节,手指不能弯曲,她就琢磨出了各种弥补的办法。比如,不能用大拇指尖和食指尖从桌上捡起小物件,她就用无名指代替食指来捡,因为大拇指和无名指的指尖在不弯曲的情况下,正好可以对上。用这个办法,桌面上的任何小物件,只要有一点厚度,比如一颗豌豆,她都能轻而易举地捡起。

完全没有什么厚度的东西,不容易捡起。但她也有办法。例如一分钱的硬币,她会先把硬币滑到桌边,就在硬币一半在桌上,一半悬空之际,用手把它抓起来。她不仅学会了握笔写字,画画,还学会了用三个较为灵活的手指打字。后来她打字的速度在班上名列前茅,在学校曾被传为佳话。

我们总是想法鼓励她,凡是正常人能做到的,她只要努力也一定能做到。我常给她讲一个失去了双手的青年的故事。他不仅学会用脚趾穿针引线缝衣服,还学会了用脚绘画,更不用说料理自己的日常生活,用脚洗脸,刷牙,吃饭。

她一直在努力学习料理自己日常生活的各种技能。一条路走不通,就想法绕着走。之前,一个她一直没能掌握的技巧,是穿带拉链的上衣。衣服穿到了身上,很难把两边位于衣服下端的拉锁头对在一起。于是她就想出了一个办法,在衣服穿上身之前先把拉锁头对上,稍稍拉上一点,然后像穿套头衫那样把衣服套上,这样,再往上拉就容易了。

扣纽扣、系鞋带是她至今还没有攻克的难题。我们试过各种办法,但都不成功。幸好到处可以买到没有纽扣的衣裤和不用鞋带的鞋子。

她一直想像别的女孩子一样穿牛仔裤,但苦于买不到不带扣子的牛仔。后来,姐姐四月灵机一动,把自己以前的一条牛仔裤,拆了扣子,换上尼龙搭扣,这才让维维终于如愿以偿,第一次穿上了牛仔裤。

自从有了你

1997 年——刚刚摘掉石膏,就帮忙做家务了!

Be glad of life because it gives you the chance to love and to work and to play and to look up at the stars.

——Henry Van Dyke

(American short-story writer, poet)

活着就应心存感激,因为活着就能够去爱,去工作,去娱乐,去抬头仰望星空。

——亨利·凡·戴克(美国短篇小说作家,诗人)

是上帝把她造成了这样

有一天维维突然问我:将来如果我有自己的孩子,他会和我一样有病吗?

我有些诧异地看着她,女儿真的长大了,已经开始琢磨结婚生子的事了。看得出,她为这事忧虑。

我回答:如果你的丈夫没有阿佩尔氏征,你们的孩子就只有50%的概率遗传上这种病。孩子有没有病,可以在怀孕初期通过基因鉴定检查出来,你们可以根据检查结果再决定是否将胎儿留下。

她说,那不行,即使查出他有病,我也不能把它流产掉,我做不到。

我想了一会儿,说:那要不就收养个孩子。

她想了想,说:我还是希望能有自己的孩子。

我有点伤心,一时不知该怎么安慰她,只好说,到时候会有办法的,科学技术可能发展到这根本就不是什么问题。到时候你不仅可以让孩子没病,还可以完全按自己的意愿设计孩子,想要蓝眼睛,就有蓝眼睛,想要绿眼睛,就有绿眼睛。

她若有所思,半信半疑地点头。

我知道,随着年龄的增长,她会越来越为自己的未来忧虑。她想有自己的家庭,自己的爱人,自己的孩子。她当然不愿看到自己的孩子不得不经历她所经历的痛苦。那一次次似乎永无止境的手术,在她的心灵上刻下了深深的印痕。但她不能因为一个小生命有了和她一样的顽疾,就将其抛弃。无论她的孩子是否正常她都不会将他放弃,她会把他生下,并永远爱他。

在一首小诗中,她这样写道:

(译文)

她让我在橡木椅上坐下,
说:"宝贝,你要面对冷酷的真相",
"你已经经历许多,走过遥遥征途,
但你的孩子仍可能与众不同。"

紧抱他于怀中,给予他关爱,
为他拭去滴滴泪水。
但当你让我做出选择,
你怎能指望我知道答案。

不接受他就是罪过,
只因为他与众不同。
他们让我将他放弃,
可我怎么能做得到?

这一天如果真的来临,
我将说到做到。

他和我血肉相连,

我将爱他,哺育他至终。

不要说我不想听的事,

不要玷污了我的耳朵。

他和我血肉相连,

我将爱他,哺育他至终。

天天盼,月月盼,

直到你降生在我怀中。

紧紧拥着你轻声对你说,

"宝贝,你是生命之光,我将永不失去。"

(原文)

She sat me down in the big oak chair

Said, "Baby, here's the cold hard truth."

"You've come so far toward your journey's end,

But your child may still not be normal."

Give him love and hold him close,

Wipe off all his broken tears.

But how can you expect me to know it,

When I am asked to choose.

I would not sin by not taking in,

A child and his differences.

They tell me to get rid of him,

How can they expect me to?

By the time it has occurred,

I stick to my own word.

He's my flesh and my blood,

And I'll love and nurture him to the end.

Don't tell me things I don't want to hear,

Don't put trash in my ear.

He's my flesh and my blood,

And I'll love and nurture him to the end.

Count the months and count the days,

Till I have you in my arms.

Hold you close and whisper soft and sweet,

"Baby, you're the light of my life

I'll never lose."

  一个残疾婴儿的出生,对于一个家庭来说,意味着从此告别正常世界,而进入一个异类世界。对于一个中国家庭尤其如此。之前的朋友,在维维出生后,就多了层隔阂。在我主动向他们讲述女儿的事情时,会隐隐察觉到某种不自在。有的人虽然同情,好奇,却又不敢多问。有的干脆回避这个话题。在我们的文化里,先天残疾婴儿被视为怪胎。他们的降生往往给家庭带来羞辱,是一件不光彩的事情。就连亲戚朋友,也尽量避而不谈。其实在这种时候,真正应该给予的不是回避,也不是同情和怜悯。而是真诚的关切,坦诚的交流。是尽力想了解孩子的状况和这个"异类世界"的愿望。

  对于一个残疾孩子的家庭,最最艰难残酷的莫过于来自社会的压力。这种压力源于人们对异类的恐惧、歧视和排斥,源于"异类"自身对于成为"异类"的否认和不接受。

人们对于自己的异类有着本能的好奇。在最初的年月里,每当看到在公共场合人们注视女儿的目光,我的心都会疼得滴血。每次出门,对我来说都是一次痛苦的经历。但我知道,我必须像对待正常孩子一样,经常带她出门,让她接触外界。我把每次外出当做对自己虚荣心的挑战。整整好几年,我在灵魂深处一次次与那个被世俗社会塑造成的自我斗争着。我在不断的自我挣扎和反省中度过。

我先是尽量回避别人的目光,有时也以挑衅的目光相迎,带着自卫式的冷峻。其实很多人只是好奇,并无恶意。有一次,一个七八岁的男孩儿一个劲地盯着维维看,走过去了还拧了脖子回过头来看。当时维维大概三四岁。我终于忍不住了,恶狠狠地对小男孩说:"有什么好看的?你就没有别的事好干吗?"

在这方面,小农和外公外婆都是我的榜样。外公外婆每天带她出去散步,在街坊邻居面前泰然自若。小农总是把她高高地扛在肩上,在人群中走来走去,对旁人的目光视而不见。

我特别佩服互联网上那些阿佩尔氏综合征儿童的母亲。她们似乎个个天生就高尚无私。她们从来没有觉得自己先天畸形的孩子有什么见不得人。自孩子一出生那刻起,她们唯一的念头就是怎么给孩子提供最好的成长环境。她们为捍卫自己孩子的权益不遗余力。

跟他们相比我不免惭愧。我知道自己的痛苦是虚荣心在作怪,是因为从心理上还不能接受女儿先天残疾这个现实。我希望自己能像别的母亲一样,全然不在乎世俗偏见。但是,我的心还是一次一次被刺痛。我知道,心理的调整不是一天两天就能实现,需要经过长期的努力。但无论自己内心怎样艰难,需要经过怎样的挣扎和调整,都不能影响到女儿的正常成长环境。我们没有理由,也没有权利不像待正常孩子一样待她。别的孩子有的,她也都应该有。她将来是否有正常的心态,和我们作为父母能否给她一个正常的生活环境直接相关。我不仅要教会自己怎样坦然面对新的异类人生,还要言传身教,教会女儿怎样勇敢、坚强、乐观地面对人生。

我们从来没有待维维有别于正常儿童。要说有,也许只是对她更加疼爱。一有机会,我们就带她逛购物中心,去公园、儿童游乐场。再大一点,就是去书店、图书馆和博物馆。即使手上打着石膏,也没耽误带她出去玩。像其他小孩一样,她最喜欢在游戏场爬高上低,滑滑梯,荡秋千。

其实,我不应该感到有任何来自社会的压力。我们有幸生活在一个文明社会。这个社会有着一整套保护弱势群体的社会保障体系,有着深入人心的平等对待残疾人的观念。孩子从小就受到教育,要尊重残疾人,把他们当做平常人对待。20年前,国会通过了《美国残疾人法》,制定了确保残疾人"机会平等、全面参与、生活独立和经济自立"的法令。购物中心、商场、办公室和旅馆等商业场所都不得歧视残疾人。越来越多的公共场所都为残疾人提供方便通行的设施。学校则强调如何帮助残疾儿童融入主流,全面参与各方面活动。

记得有一次带女儿在儿童游乐场玩耍,一个三四岁的孩子盯着维维看了一会儿,然后问他妈妈"What's wrong with her face?"(她的脸怎么了)

妈妈平静地回答说:"God made her like this."(上帝把她造就成了这样)

我听了由衷地佩服这个妈妈聪明机智的回答。

从女儿上小学开始,我每年一开学都会写一封信给她的班主任,介绍阿佩尔氏综合征的起因和主要症状,以及维维所经历的各种手术。目的是让老师对维维的情况有个大概的了解,也希望老师能够帮助回答同学们可能有的疑问。

二年级的时候,老师建议我亲自去班里做一次讲座,向同学介绍维维的情况。这可是赶着鸭子上架。我从来就不会哄孩子,也不曾给小学生做过报告,更别说一群金发碧眼,叽叽喳喳的洋孩子。但一想到我亲自出马,会对女儿被同学们接受有好处,就硬着头皮答应了。

那天,老师把维维叫出课堂,为的是不让她感到尴尬。我拿了维维婴儿时的照片,走进教室。面对着二十来个六七岁的孩子,开始讲述阿佩尔氏综合征和维维的故事。我把维维的照片给小朋友们传看。我告诉大家,维维的脸为什么长得和大家不一样,她的手指为什么是现在这样,为什么不能弯曲。小孩们听得很认真,有几个孩子还问了问题。打那以后,同学们对维维就司空见惯,见怪不怪了。

要说我彻底适应"异类人"的生活,是在多年以后,经历了漫长的内心挣扎才达到的。这也是一个自我价值观人生观逐渐改变的过程。现在,任凭别人怎么想,无论迎着什么样的目光,我不仅毫不介意,还会以微笑迎对。走在女儿身边,我感到十分骄傲。我见人就想说:你看,这就是我的女儿。怎么样,她可爱吧?

我们一直犹豫是不是能带维维回国。除了担心她万一生病，国内医院不知怎么处理，怎么治疗，更担心的是，同胞们见到像她这样的孩子，会有什么样的反应。我担心国内人们对待残疾人的态度会对女儿的心理造成伤害。我也不知自己是否能承受得了旁人的目光。

直到10岁，维维才第一次去中国。2005年夏天，小农带着两个女儿去安徽参加大学同学聚会。2007年，我们又全家一起回去，游玩了西安，青岛，武汉，还爬了泰山。2009年，维维只身一人到北京姑姑家过了三个星期的夏令营。每次回去都平平常常，相当愉快。既没有生病，也没有遇到过无礼的待遇。

然而，即使在美国这样文明发达，极力保护弱势群体的国度，异类人群虽不致遭到歧视，不尊重，但却免不了遭到冷落。在学校，像维维这样长相奇特，手有残疾的孩子就常常遭到冷落。以至于整个小学期间，都没有什么知心的朋友。她不像其他小孩一样，几乎每个周末都被邀请去生日派对。跟姐姐四月的境况相比，就形成鲜明对照。四月生得聪明玲珑，在学校备受同学和老师喜爱，人人都想和她交往。相比之下，维维就孤独得多。我为此曾经很伤心，又很无奈。其他方面我们多少能帮上忙，可这方面却束手无策。唯一能做的是教她自娱自乐。直到上了初中，她才有了几个比较要好的朋友。令我们欣慰的是，她并没有因此而自暴自弃或玩世不恭。虽然不像姐姐那样成熟自信，但她性格开朗活泼，善良乐观。无论遇到怎样的冷落和轻视，怎样的粗暴和无理，都能淡然面对。

自从有了你

和外公外婆漫步于加拿大渥太华街上——2000年7月

是上帝把她造成了这样

爸爸总是让她高高地坐在肩膀上——2000年7月

自从有了你

天安门前留影——2009年夏天独自旅行到北京姑姑家过夏令营

101 ———————————————— 是上帝把她造成了这样

14岁生日——2009年在北京的奶奶、姑姑、大表姨和其他亲戚为维维开了生日派对

自从有了你

奶奶在生日派对上为维维切蛋糕——2009年8月

是上帝把她造成了这样

和外公外婆、姐姐四月在附近樱桃园摘樱桃——1999年7月

The true nature of anything is the highest it can become.
　　——Aristotle(Greek philosopher)

　　任何事物的真实本性,是它所能达到的最高境界。
　　——亚里士多德(古希腊哲学家)

特殊教育和普通教育

最初,对于维维的智力程度我们心中无数。文献上说阿佩尔氏综合征患者的平均智商是 70。查看有关智商的参考数据,得到如下分类:

< 70　　智能不足

70—80　　临界智能不足

80—90　　鲁钝

90—110　　中等智力

110—120　　聪慧

120—130　　优秀

> 130　　天资优异

当时看到这些数据,我不知是应该哭还是笑。显然,这种综合征对智力是有影响的。但这种影响先天的因素占多少,多少是后天造成的,又怎么能说得清楚。我应该高兴的是,第一,起码他们不是严重智障,应该有生活自理能力。第二,只要我们从小注重开发她的智力,就有可能打破魔咒。没准儿女儿还能爆出个大冷门,在某方面成为天才呢。

两岁以后,频繁的手术暂时告一段落,我们的注意力就转向了她的智力开发。

从患儿家长以及患者本人那里,我们了解到,多数儿童确有不同程度的智力障碍,一般在学校都上特殊教育班。能上大学的属于极个别。但也有很多人智力正常或接近正常。有的结了婚,做了父亲母亲,和正常人一样生活工作。无论他们的智障是先天的,还是由于后天种种原因造成的,比如颅缝开得不及时,造成脑压过高,频繁的手术和麻醉导致大脑受损等等,我们所能做的只能是尽力创造条件,让女儿发挥出她的全部潜能,让她的智力达到能够达到的最大高度。

从三四岁开始,我们就随时随地教她认字母和单词。在超市采买时,一边选购,一边让她认英文标签。两岁半的时候,维维迷上了电脑。有一天,我们试着让她坐在电脑前,把她还带着新鲜伤疤的小手放在鼠标上,让她看着屏幕上的小箭头移动鼠标。谁想她一下就掌握了移动鼠标的技巧,从此就迷上了电脑。

直到今天,电脑一直是她最好的老师,也是她最忠实的伴侣。她可以在电脑前一坐几小时,完全沉浸在那个世界里。

电脑上的智力游戏是她识字、阅读和算数的启蒙老师。她迷上了各种幼儿电脑互动有声图书和游戏,从图形识别、颜色识别到数字游戏和加减法。

记得她最早玩的一个电脑图书叫做"Just Grandma and Me"(祖母和我)。讲的是小主人公克里特和祖母在海滩上玩,发生的各种趣事。书里的人物是各种动物,画面颜色鲜艳。每一页配着图画,有一小段文字。用鼠标点击每个字,电脑就发声读出来。如果点击图案,就会产生各种不同的效果,例如点击祖母,她也许会打个哈欠,说"我累了",等等。这样的互动有声游戏五花八门,应有尽有。对幼儿学习阅读很有帮助。我们给女儿买了很多,凡是市场上有的我们家就有。外公总是耐心地陪她一起坐在电脑前,看着她一遍一遍地玩。

上学以后,阅读一直是维维的强项,这大概和她爱玩电脑图书游戏不无关系。

维维小时候的另一爱好是看儿童音乐录像。我们给她买来了全套的"Kids Songs"(儿歌专辑)和"Wee Sing"(我们一起唱)的系列录像带。每一集都是一群孩子边唱边跳。她不厌其烦,一遍一遍地看。看得我们全家,包括外公外婆都能跟着哼唱几十首儿歌。后来长大了,她告别了儿童音乐,迷上了流行音乐,加入了"少女追星族"。出门坐车,看病候诊,只有耳朵上带着耳机有音乐听,才不会抱怨无聊。而我们大人就已经落伍,偶尔听到她儿时常听的儿歌,仍觉得无比亲切。

维维的记忆力很好,阅读、地理、历史都是她的强项。但逻辑推理方面比较薄弱。算术一直是她的弱项。

小时候为教会她简单的加法,我曾经打她脑壳。记得五六岁时,教她个位数加法。无论走到哪儿,干什么,我都会随时随地考问:五加七等于几?二加九等于几?不知为什么,别的数她都能答对,就到九加八一准搞错。气得我对她吹胡子瞪眼,有时巴掌也会上去。现在她有时还开玩笑,说我小时候虐待她。

维维上三年级时的画,被选中参加学区画展——2004年1月

美国从小学到高校,有一套完整的特殊教育体系,还有与之配套的相关机构和服务措施。它的宗旨是尽量让残疾儿童与普通儿童融合,认为轻度智力落后的儿童在普通班学习比在特殊学校更有效。因此学校尽可能将残疾儿童安置在普通班学习,让他们尽可能多地与普通儿童在一起活动,而不是仅仅与自己同类残疾儿童接触和交往。这种体系叫做"回归主流"(Mainstreaming)。

教育部门对残疾儿童的定义范围很广,包括语言障碍、肢体障碍、其他健康障碍、视觉障碍、智力落后、情感障碍等等。学校除了设有专门的特殊教育班,大都另外设有辅导教室(resource room),是由专业教师对学生个别进行辅导、教学的地方。

特殊教育和普通教育

维维被学校定义为有"其他健康障碍(other health impaired)"。学区每年对她进行测定,有语言测定、职能技能测定、心理测定。根据测定结果,制定对她的个别教育计划。学区每年跟我们家长开一次会,商讨并制定当年的教育计划。这种会一般在孩子所在学校进行。到会的有孩子的班主任,辅导老师,学校的心理学老师,语言、职能、体能治疗师。

维维小学一年级时的绘画作品——2001年

小学期间,维维的个别教育计划规定她完全跟普通班一起上课,但每天去辅导室一小时,由辅导老师帮助她复习或完成当天的课堂作业。除此之外,她还享受每周一次的语言、职能和体能治疗。到了中学,除了一周两三次去辅导室坐一下,学校认为她没有必要再享受其他服务。我们觉得这是件值得庆

自从有了你

贺的事。而有一些一切正常的孩子,学习稍有落后家长就向学校申请要特殊辅导。这恐怕是生活在正常世界和异类世界的又一区别。

维维现在已经是一名高中生了。她很快适应了与初中小学完全不同的高中生活。包括选修课,跑教室。学习成绩也比初中有所进步。她的英文经常是 A,又是网上业余小作家。数学仍然是她最弱的科目。小农每天晚上都要辅导她做数学作业。她对数学没有什么兴趣,只是应付完成作业了事。

回顾女儿的智力发育过程,我们感到很庆幸。对她的前程也有了比较清晰的认识,对她未来的人生有了一定信心。她也许永远不能成为一个科学家、工程师、医生或律师,但她可以当老师、秘书或超级市场的收银员。她也许永远不能成为长跑运动员、游泳健将,但她能走在海滩上,让海浪尽情打湿她的双脚;她

1999年奶奶从北京来看我们,维维最爱和奶奶玩"你拍一,我拍一"

能远足到山顶,坐在石头上观赏日出。她也许不能成为钢琴家、小提琴家或画家,但她能为优美的音乐和绘画而陶醉。她不可能成为黛安娜、希拉里·克林顿,但她一定能成为一个普普通通自食其力的人。还有什么比这更让人感到欣慰呢?

The soul would have no rainbow had the eyes no tears.
——John Vance Cheney(American poet, essayist)

眼中若无泪,心何见彩虹。
——约翰·万斯·切尼(美国诗人,散文家)

小鼓手，合唱团

在我们这个学区，从小学四年级开始，学生可以参加弦乐队和合唱团，五年级以后可以参加管乐队。孩子们凭兴趣选择一样乐器，就可以进入乐队。人人都机会平等，没有什么考核选拔一说。乐队和合唱团几乎天天要排练。排练时间一般是早上学校开课之前的一小时。晚上家长要在家里监督练习，还要签字画押记录练习时间，每星期向老师汇报。每学期学区组织两次到三次由学生表演的音乐会。音乐会的观众自然多是学生的家长和亲友。我们从大女儿四月四年级开始就年年得参加这样的活动。

大女儿四月先选了小提琴，拉了两年后，不喜欢，就改成了吹萨克斯风，一直吹到高中。

我们认为这种课外活动会让维维受益，但却不知她能摆弄得了哪样乐器。手的不灵活限制了她拉弦乐，口腔和上下颚的不正常又限制了她搞吹奏乐。想来想去，想到了打鼓，虽然手指不灵活，但只要能抓住鼓槌，就能打鼓。

去登记作鼓手时,老师心里没谱儿,担心她会打不好,影响整个乐队的表演,我们当然也不愿意这样。老师想了想,建议说,一般乐队都有多名鼓手。如果到时候真不行,可以在演出时套上消音鼓套。这样她就可以照样参加演出,而又不会影响整体。我们觉得这是个好主意。

就这样,维维成了铜管乐队的一名小鼓手。经过一段训练,她打得很好。除了手腕子劲儿不够大,打得不够响,其他方面一点不比其他鼓手差。老师再也不提戴消音鼓套的事了。她一打就是五年,直到上高中。

姐姐四月画笔下的维维玩呼啦圈——2008年

除了打鼓,维维还参加了学校的合唱团。唱歌是她最喜欢的课余活动之一。每次学区的音乐会,孩子们都上白下黑地穿得整整齐齐。别看是一帮业余"小音乐家",不论是管乐队,弦乐队,还是合唱团,节目个个都非常精彩。家长把这些音乐会特别当回事,必定前来捧场,绝不缺席。

体育活动方面,维维也受到手脚不方便的限制,很多项目都无法参加,比如篮球、垒球和田径项目等。但凡是她能干的,都不比别的孩子差。她自己学会了骑自行车,滑旱冰和水冰,游泳等等。她呼啦圈玩得比她的朋友们都好。

尽管手指不灵便,不容易抓牢墙上的石头,但这并不能阻止她玩"攀墙"——2003年12月

初三那年,维维突然说,要报名参加保龄球队。我心里犯嘀咕,她的手能打保龄球吗?当然只要球队肯收她,我们自然不会阻止。于是,她就报了名。教练说,你可以跟着练习,如果成绩不够好,比赛时就作板凳队员。保龄球队每周四个下午都要练球。她的手小,指头又短,一只手抓不住球,就用两只手抱着扔球。她琢磨出了一套适合自己的打球方法,分数不断有长进。现在她已经打得很好,可以跟着球队参加比赛了。

自从有了你

有一阵子,维维生出了学钢琴的念头。家里的钢琴,还是姐姐四月小时候学琴时买的,后来就没再有什么人碰过。学钢琴不仅能增长女儿的音乐知识,还能锻炼她的手指。我们自然大力支持,说:好啊,马上给你找个钢琴老师,咱们立即就学。钢琴老师倒有的是,但要找一个愿意教生下来没有手指的学生,就不见得容易。我四处打听,又在互联网上查询,最后找到了一个女老师。

老师是一个学校的音乐教师,业余时间在家教教孩子。她看了维维的情况,说可以不严格照教科书规定的指法教她。比如,她的手指指间距离小,够不到琴

用双手投球的保龄球手。维维在比赛场上——2010年

键,就让她的手跳跃着弹。就这样,维维开始跟她学弹钢琴。虽然她不可能弹到去音乐会演出的水平,但在没有正常手指的情况下,能像其他孩子一样学习钢琴,本身就是一种成就,我们为此感到无比骄傲和欣慰。

Greatness lies, not in being strong, but in the right using of strength; and strength is not used rightly when it serves only to carry a man above his fellows for his own solitary glory. He is the greatest whose strength carries up the most hearts by the attraction of his own.

——Henry Ward Beecher
(American clergyman, speaker)

伟大之处不在于强力,而在于力量的合理运用,视自己的荣耀高于他人是对实力的滥用。人的伟大在于用自己的力量凝聚众人之心。

——亨利·沃德·比奇
(美国牧师、演说家)

交　友

听说要写她的故事,维维问我都写些什么。

你的出生,你的手术,你的成长呀,我说。

别忘了写写我的社交生活,她提醒我。在她看来,交友和被社会接受,是生活中很重要的一方面。

每个孩子在成长过程中,都需要朋友。到了一定的年龄,朋友就变得比父母更为重要。记得我小时候,总是愿意天天和朋友待在一起。后来就希望早早离家,走得越远越好。

维维从小就显露出外向,喜欢交友的性格。但她长相特异,手脚不灵便,口齿也不伶俐,因而整个小学期间,一直没有交到什么朋友。这越来越成为我的一块心病。

我们住的这片居民区,始建于60年代后期。独门独户的房子,多是两层殖民地式建筑,也有一些一层的平房。每家都有两个车位的车库,有地下室。前后院一般占地1/3到1/2公顷。由于建得早,房前房后就有很多很大的树,不像现在新的开发区,一眼望去,光秃秃的,除了房子就是房子。

这里的树多是松树和橡树,夹杂着枫树和白桦树。每到秋季,大街小巷,不见房子,只见一片一片彩色的树叶,红色,紫色,黄色,褐色,还有绚丽的橘黄色。等到深秋,地上也覆盖了一层五彩缤纷的树叶,房子才又从树木中隐现出来。

这里的房子价钱中等偏上,但由于学校好,房产税和学区税相对高于其他地区。1997年我们搬来时,正好是新老两代房主交替的时节。老房主的孩子们都已经长大成人,离家自谋生路。于是他们开始陆陆续续地卖房。有的搬到佛罗里达,躲避这里寒冷的冬天,有的则搬到本地房产税较低的地区。而有年幼子女的家庭,为了子女上学,不顾高昂的房产税来这里买房。

和我们前后脚搬来这条街的有四家。

我们街对面是新搬来的一家犹太人。丈夫好像是一家建筑公司的老板,妻子开始没工作,后来读了一个教育学位,找到了在小学教书的职位。他们的大儿子大卫比四月小一岁,小儿子阿达穆跟维维同一年级。

我们的斜对门住着一家白人,老夫少妻,都是会计师。老公自己开了会计行,老婆原本是公司职员,后来嫁给离了婚的老板。夫妻俩有一个小女儿,叫娜塔丽,比维维小三岁。每到报税的季节,这两口子就忙得要命。

我们家右边住着一家三口,有一个比维维大两岁的男孩,帕特里克。

娜塔丽家的隔壁是一对律师夫妇,也有两个男孩,哥儿俩只差一岁,大的和四月一个年级,小的比维维大三岁。

维维从两岁半开始,就去一家接收"特殊教育"儿童的幼儿园上学。每天去两个半小时,来回有小型校车接送。这段经历使她有机会接触其他同龄儿童。为了选择合适的幼儿园,我们走访了很多家。都是由政府纳入了特殊教育系统的私人幼儿园。他们接受政府的资金,但必须遵守政府有关残疾儿童的一些特殊条令。在这些幼儿园就园的有自费的正常儿童,也有像维维这样先天有病的儿童,就园费用完全由政府负担。

我们选中的这家幼儿园多是正常儿童,孩子们看上去都很健康,不像有任何问题。老师也都很敬业。维维的班主任老师名叫南希,胖胖的,非常和蔼可亲。

每天接送她的小校车是专门为残疾儿童服务的。除了司机以外,还有一个助理员,负责照顾孩子上下车和就座。

看着两岁半的维维自己登上校车,我们既高兴又担心。高兴她能像正常孩子一样,每天享受一点集体生活,体验一下离开外公外婆照顾的滋味,学习怎样让别的孩子接受她,习惯她。担心的是我们是不是把她过早地推向了外面的世界。她只有两岁半,而这两年半中,有一半时间是在医院和手术恢复中度过的。现在就让她自己去跟陌生孩子交往,是不是太早了点?别的孩子要是因为她长得怪,手脚不灵便而欺负她怎么办?这会不会造成她心理上永久的伤害?

交 友

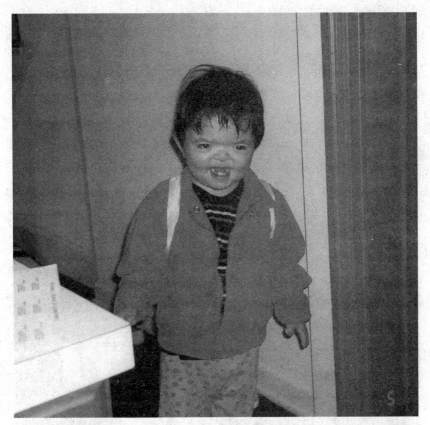

整装待发，两岁半开始就每天自己乘坐小校车去幼儿园 ——1998年5月

现在看来这种担心是多余的。维维很快就适应了每天两个半小时的幼儿园生活。

在幼儿园，她学图画，认字母，还参加老师组织的各项活动。记得有一年她在一个节目里扮演狮子。表演那天，我们给她穿上了一身狮子的服装。看着她能够像正常孩子那样发育成长，心里有说不出的高兴。

自从有了你

维维的脚很难在平衡木上站稳。体育老师就拉着她的手走——2000年

不知孩子的个性有多少是先天的，多少是后天形成的。也不知维维外向、喜欢交友的性格，对于她究竟是祸还是福。

喜欢交友，但又无法任意交友，会不会反而使她尝受更多的沮丧和痛苦？也许还不如喜欢孤独，自得其乐？对这个问题，我至今没有答案。可能永远也不会找到答案。

斜对门的娜塔丽是维维第一个最亲密的小朋友。

娜塔丽长得很漂亮，有着一头褐色的，微微卷曲的头发。她聪明伶俐，虽然比维维小三岁，但知道很多东西，能跟维维玩到一块儿。有一段时间，每天下午放了学，维维都要跟娜塔丽玩一会儿，不是在我们家，就是跨过马路到她家。她们一起看儿童节目，一起听音乐，一起谈论读哈里·波特的体会。两人都是哈里·波特的粉丝。万圣节那天，她们总是一起穿上各种服饰，提着南瓜灯笼和装糖的枕头套，到街坊邻居家敲门，玩传统的"Trick or Treat"（不给糖就捣乱）。几个小时后，就满载而归。那天之后的一个月，加上姐姐四月"Trick or Treat"回来的一枕头套糖，家里的糖就多得成了灾。一些牙科诊所的医生做好事，为了鼓励儿童注意牙齿健康，少吃糖，号召孩子们把家里的糖拿到诊所，他们愿以一块钱一磅收购。

维维的另一帮朋友，是街坊的那几个男孩。

律师家的布朗和埃瑞克，还有隔壁的帕特里克，放学后，常在街上扔橄榄球，或在布朗和埃瑞克家的车库外投篮球。他们总是敲门把维维和娜塔丽叫出去一起玩。

十几年过去了，这几个男孩有的已经离开家进了大学，帕特里克也即将进大学。但他们一直是维维的好朋友。见不到面时，就在互联网的交友网站上互通信息。

上初中以后，维维和一个名叫萨拉的同年级女孩成了好朋友。

萨拉住在离我们家不远的一条小街上，大约有两公里的距离。这个姑娘身材高挑，金发碧眼，有着白皙的皮肤。她的父亲六十多岁了，常年患腰肌劳损，脊椎做过手术，不怎么能工作。母亲是我们所在学区高中的社会科教师。

萨拉和维维经常一起看电影，听音乐，东家长西家短地聊学校的男孩女孩。萨拉喜欢穿着打扮，在购物中心总爱逛衣服店、鞋店。维维虽然对这些没有什么兴趣，但也紧跟其后，不停地品头论足。

维维喜欢写作，萨拉则是她的忠实读者。每次看了维维编写的故事，她总是性急地问"那谁谁，后来怎么样了"？

萨拉是篮球队的，每次比赛，她妈妈总要约上维维，在场外为她呐喊助威。

除了萨拉，还有三四个同年级的女孩跟维维比较要好。她们总是一起参加每个人的生日派对，或约伴一起去学校周末的舞会。

在这里，从初中高年级开始，谈恋爱就是常事。不仅没有什么可大惊小怪的，甚至是一种时尚。我暗暗担心，维维的女朋友会不会开始交男朋友，逐个离她而去？维维会不会因此感到伤心？我怎样才能让她有充分的心理准备？

于是我经常旁敲侧击，试图打听出她的朋友有没有开始谈恋爱。她总是不爱回答，但从她的只言片语中能听出，这几个好朋友还都是规矩女孩，没有过早谈恋爱。

除了担心她的女友会离她而去，我也开始担心，她能不能面对自己跟男孩子交友可能将要面临的困境。

有一天我问她:你有没有对学校哪个男孩子感兴趣?

她竟然回答道:这是我的隐私,不能告诉你。

也许在这方面,我们父母能做的只是关注。无论是交友还是恋爱,都只能靠她自己去经历,去面对挫折。

五岁的生日派对,请了很多小朋友——2001年8月

然而在维维所有的朋友中,她最信任、最崇拜的还是姐姐四月。从小姐姐就对这个妹妹格外呵护。四月众多的朋友,对她这个与众不同的妹妹也格外友好。

维维在小学五年级的一篇题为"特殊的人"的作文中这样写道:

(译文)

我生活中特殊的人是我的姐姐。她的名字叫四月。她

14岁了,是尼思科尤纳高中一年级学生。我选中姐姐为我生活中特殊的人,是因为她宽容,和善,乐于助人。

姐姐常帮助我做家庭作业。她有时还帮我挑选出第二天要穿的衣服。姐姐非常和善,她给我梳头,染指甲。她跟我玩硬纸板游戏,并和我一起骑自行车。她还非常宽容。她蹓我家的狗。每当爸爸妈妈,外公外婆外出,她就替他们照看我。如果我跪下来恳求,她甚至会让我睡在她的床上。

总而言之,姐姐优雅,灵巧,有趣。有一天我想成为像她那样的人。

The special person in my life is my sister. Her name is April. She is a freshman at Niskayuna High School. She's 14 years old. I picked her as my special person because she is kind, nice and helpful.

My sister helps with my homework. She sometimes picks outfit for me to ware the next day. My sister is very kind. She does my hair and nails, and sometimes plays the board games and goes bike riding with me. She is also a nice person. She walks our dog. When my mom, dad and grandparents are not home, she babysits me. Sometimes if I get down on my knees and beg her, she will even let me sleep with her.

In conclusion, my sister is a neat, funny, and nice person. Someday, I want to be just like her.

维维像姐姐四月一样，待人接物非常宽容，对朋友总是谦让，并且有求必应。

在电脑上一起玩游戏时，她总是让小朋友操纵鼠标，自己则在一旁观看。在电脑游戏方面，她总是比别人技高一筹。当小朋友请教她怎么玩，她便耐心指点。

朋友来家里找她玩，她总是热心招待，献吃献喝。东西尽别人先用。

Wii 游戏是一种接在电视机上，用遥控器玩的动作游戏，这几年很流行。我们家买了好几种，其中 Wii 吉他英雄是维维这个年龄的孩子最喜欢的。这个游戏由吉他，架子鼓，和麦克风组成，是一种模拟音乐游戏。

每次维维约朋友来家里玩 Wii 吉他英雄，她总是让别人先挑选乐器。别人若要操纵吉他，她就马上让出吉他，自己去敲鼓，或用麦克风。谁要是突然又想打鼓了，她又会马上把鼓让出来。

我有时看她过于迁就，就提醒她说，做事得有原则，该说不的时候就要说不。一味迁就，并不是好朋友应该做的。她就真的开始试着说不。还因此跟萨拉闹了别扭，两人有很长一段时间不来往，连话都不说。我们也不知具体发生了什么。周围要好的几个朋友为她们着急，想方设法撮合她们和好。僵持了两个月后，她们才又重归于好。

维维能有几个亲密的朋友，我们很感欣慰。朋友，是生活极其重要的一个组成部分，是父母永远取代不了的。

五岁的四月不仅学会了自己照顾自己,还帮忙照顾妹妹。这不,姐姐正给一岁半的妹妹喂饭呢

两岁时,和姐姐四月玩"过家家"——1997年8月

交 友

2007年4月姐妹俩摄于山东曲阜孔庙

Ignorant people see life as either existence or non-existence, but wise men see it beyond both existence and non-existence to something that transcends them both.
——Seneca (Roman philosopher)

愚昧之人视生命为生存或非生存，而智慧之人则视之为超越生存与非生存。
——塞内卡（古罗马哲学家）

中部面颊牵引手术

第一次颅颊手术后,因为额头被修理得饱满了,维维的中部面颊就更显得凹陷。医生说,要等女儿10岁以后,才能考虑中部面颊前推手术。我当时听了以后心情极端沮丧,非常失望。10年的时光是多么漫长,要什么时候才能等到。为什么不能趁孩子小,还不记事儿,就把手术都做完?为什么不能趁她还不懂得容貌的美和丑,就让她看起来更像正常人呢?

医生解释说,阿佩尔氏综合征不仅仅影响到婴儿在母体的发育,还会影响孩子后天的生长。它的特征之一是中部脸颊的成长比其他部位迟缓。矫正手术如果做早了,很可能在儿童发育完成后,又要重复做第二次。无论从哪方面看,重复这样的大手术,对孩子都是不利的。不错,她可能需要等待10年,或者更长的时间,才能看上去更正常一些。但从儿童心理学讲,十来岁的孩子刚刚开始懂得外貌的重要,还不至于造成太大的心理伤害。

现在看来医生是对的。这种手术没有人愿意经历第二次。

10年时间看似漫长,可在忙忙碌碌中又好似转眼一瞬。

2006年3月,我们带了女儿,又来到波士顿儿童医院,回到10年前那坐满医生和实习生的会诊室。这10年中,我们几乎每年都回来会诊一次,但每次都很简短,主要是跟踪监察。而这次,是各科医生综合会诊。我不禁想起10年前最初的会诊。10年了,这里几乎没有什么变化。只是当年我们很喜欢的中心协调员科特早已离开。护士还是多莉,还是那样前前后后地招呼着,显得很忙碌。诊室里还是那样满满的坐着三排医生和实习生。穆里肯医生的头发显得更银白,目光却还是那样炯炯有神。10年前的会诊好像就发生在昨天。

和每次见面一样,穆里肯医生像欣赏自己的一件得意作品一样打量着维维。用双手触摸她的额头,脸骨,看了牙齿,接着又拿起她的手看了看。一边看,一边询问她在学校读书的情况。他对维维在学校功课表现不凡,基本无需享受特殊教育服务并不感到意外。他一定认为中国人的孩子个个学习拔尖,连阿佩尔氏综合征孩子也不应例外。哈佛大学医学院的学生中,中国人比例一向很高,作为教授,他肯定接触过不少中国学生,知道他们都很优秀。从他的话语中,能听出对东方人的好感。

果然,在中部脸颊手术一年后,又带女儿回诊时,穆里肯医生满脸幸福地拿出他的新婚照片给我们看。新娘是华裔,他的学生。这是穆里肯医生第一次结婚,虽然当时他已经接近70岁了。我们真诚地祝福他,为他找到幸福而由衷地高兴。

这次会诊的结果,是认为维维做中部脸颊手术的时机已经成熟。当时她的中部脸已经凹陷得相当严重,以致上下门牙前后错开足足有半寸,连咀嚼都受到影响。从年龄考虑,当时她快11岁了,如果手术能稍微矫枉过正,多往前推一些,就不需要再重复。这样考虑后，手术就初步定在了同年 9 月份。这是一个大手术，前后需要两个月时间。

那年维维上小学五年级，秋天就要升初中。考虑到手术要耽搁 2—3 个月的学习，我们决定让她留在小学五年级。这样，手术时，就不至于为耽误初一课程而担心。在征得小学校方同意后，还需上报学区。最后学区同意了我们的请求，让维维留下再上一年五年级。维维自然对这种安排很不乐意，眼看着同班同学都高高兴兴地升了初中，可她得留下和四年级小孩一起再上一年。我们告诉她这是为了她能安心手术，好好恢复。还不用担心补课。胳膊拧不过大腿，她也就没再反抗。

回头看来，这是个明智的决策。自从加入了四年级的班级，维维结交了好几个朋友，性格也变得更加开朗自信。她和以前五年级的同学也一直保持着联系。

时隔 10 年，此时的互联网已成为人们日常生活的一部分。在网上可以查到各种各样有关手术的资料，包括个人经历、日记。好心的家长孩子贴出了手术恢复时的注意事项、小提示等等。我开始查找和阅读所有关于这个手术的资料。

手术的主刀不光是穆里肯医生，还有一个叫帕塔瓦的女医生。穆里肯主管头颅面颊，而帕塔瓦的专长则是牙齿和上下颚。他们两人在波士顿儿童医院颅颜中心合作多年，看上去相当默契。帕塔瓦只有四十多岁，总是穿着很时髦的衣服。他们俩有时会当着病人的面，为一个问题争执不下，各持己见。帕塔瓦不畏权威，最后似乎总是穆里肯让步。

阿佩尔氏儿童要经历多次手术。其中最大也是最艰难的就是中部脸颊前推手术。早年的中部脸手术都是采取一次性前推。就是把面骨中部和其他部位分离，外移到合适部位，然后用螺丝固定。90年代末期后，医生开始尝试一种新技术——骨牵引延长技术。

骨牵引延长技术发明于苏联，最初是用于矫正肢体长度。原理是将骨切开后用牵引装置缓慢牵拉，使截骨间隙中形成新骨，从而达到骨骼延长目的。这种技术用于颅面骨畸形矫正，与传统的一次性前推方法相比，具有手术创伤小、继发病变少、无需植骨、牵引骨周围软组织可以同时得到扩张等优点，因而被治疗阿佩尔氏综合征的医生广泛采用。

这个手术与其他手术最大的不同，是病人要带上牵引装置。装置用螺丝固定在头骨上。另有两根钢丝从嘴里通过，一头连在外部装置上，另一头从嘴里连在上颚骨上。每天靠调整装置上的螺丝，将面骨一点一点往前推，一直到面颊骨到达理想的位置。这个过程一般需要六个星期。前推停止后，还要有两个星期的固定期。美国的住院费昂贵，除了需要特护，很少让病人长期住院。病人和家属也不愿在医院住六个星期。因此，拧螺丝和保持伤口清洁的任务就落到了病人家属身上。

想起当时女儿受的罪，我至今还止不住流泪。手术后，她头上戴着一个钢架子，睡觉很不方便。虽然我们从医院拿来了很多软胶袋，给她垫在头底下，可钢架子还是会咯得慌。因为嘴里有钢丝伸出，不能咀嚼，整整八个星期，她都只能吃流食，或一些软面条，由外公外婆一勺一勺地喂。钢架子挡在嘴前，喝水也成了问题。就只好把冰打碎，用勺子喂到嘴里当水喝。不能吃喝，眼看着女儿就消瘦了下去。可以想象每天拧螺丝，把面骨向前推移时，她需要忍受的疼痛。但她拒绝吃止疼药，很少哭，也从不抱怨。就这样一天一天熬着,看着更让人心痛。

严格遵照医嘱,每天两次,我用消毒水给她擦洗头上八个用于固定的螺丝。螺丝穿过头皮,靠压力固定在头骨上。穿过皮肤的地方一定得保持清洁,绝对不能感染,否则牵引就得终止,前功尽弃。每天一次,我用专门的螺丝刀,将两个伸在面颊外,和嘴里的钢丝相连的螺丝,每个拧两圈,这是在把面骨以每天一毫米的速度向前推进。每星期一次,我们驱车回到波士顿儿童医院,让穆里肯医生或帕塔瓦医生查看进展。

那一段,我无时无刻不在担心。担心裸露的伤口会不会感染。担心牵引的速度是不是合适。担心两边脸骨移动的距离是不是一样。担心会不会把维维的脸弄歪。白天要上班,维维多亏了有外公外婆照看。夜深人静时,我常常盯着熟睡的女儿,几个小时合不上眼,生怕出什么差错。有时看着看着,突然觉得她的脸被弄歪了。就忽地一下子坐起来,上下左右地比试。经历了那么多次手术,我自以为自己已是身经百战,铁石心肠了,但这次却几乎到了精神崩溃的边缘。

螺丝拧到第二周时,从嘴里伸出的一根钢丝突然松了,软沓沓地耷拉了下来。这可不得了!我们立即给波士顿打电话,随即跳上汽车直奔医院急诊。我似乎能看到那失去牵引力的半边脸骨正在一点一点向后退缩。我心急如焚。

到了急诊室,帕塔瓦医生的助手已经在那里等我们。没费多大的劲就把钢丝安装了回去,总算没酿成大祸。

11月底,终于熬到了拆除装置的那天。这是个门诊小手术。进了手术室不一会儿,女儿就从里面走了出来。头上那戴了两个月的装置不见了,嘴角因为钢丝的长期摩擦而红肿着。她显得有些疲惫,小脸清瘦了许多。虽然没有欢喜雀跃,但看得出,她如释重负。我知道,虽然只有11岁,可这个手术在她的心上已经沉甸甸地压了很久。如今一切终于都过去了。

我拉过她的手,一起默默走出帕塔瓦医生的诊所。这是一个值得庆贺的时刻。

11月的波士顿一片晚秋的景色。11年前,也是在这样一个深秋时节,我们带着刚刚出生三个月的女儿,来到这里,为了修复她先天残缺的心脏。那是她和命运抗争的第一个回合。11年中,有过多少眼泪和欢笑。多少焦心的等待,多少成功的喜悦。多少不眠之夜。多少自豪和骄傲。多少对生命的感悟,多少心灵深处的思索。我们就是这样手牵着手,一同走了过来。

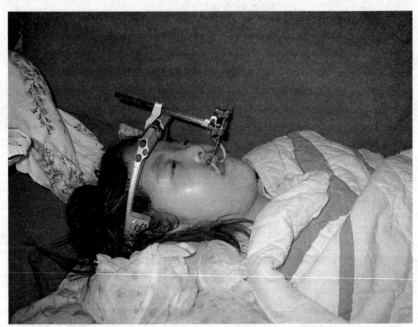

这是最艰难的一个手术,最初几个星期,维维天天就这样躺着,不叫痛,不抱怨,顶多默默流泪。每天顺从地让我给她清洗头上裸露着的伤口——2006年9月

中部面颊牵引手术

维维戴着面骨牵引装置六周了,这时已不再往前拧螺丝了,而进入了固定维持期。——2006年11月

> Could a greater miracle take place than for us to look through each other's eyes for an instant?
> ——Henry David Thoreau (American Author)

> 对我们而言,难道还有比两双眼睛一瞬间的对视更为伟大的奇迹吗?
> ——亨利·大卫·梭洛(美国作家)

自从有了你，
生命里都是奇迹

高中一年级开学的第一天。一大早6点钟，我做好早饭，把维维叫醒。早饭是老一套：米饭拌炒菜，牛奶。她一天三顿基本上只吃米饭。偶尔换个口味，早上吃麦片粥，中午吃三明治。

她走下楼来，今天穿得格外漂亮：粉红色的无袖衫，黑白相间的短裙子。

"哪儿来的衣服，这么漂亮？"我问。

"四月带我去买的，"她说，"她让我开学第一天穿得漂亮点儿。"姐姐一向是妹妹的时尚顾问。对姐姐在穿着打扮方面的建议，妹妹总

维维进入高中一年级——2010年9月

是说一不二。

我拿出相机,让她站好,拍了一张照片留作纪念。

她背上书包,出门去等校车。目送她走下马路的背影,我几乎不敢相信,15 年前那个躺在婴儿特护室,弱小得奄奄一息的女孩,今天已经是高中一年级的学生了。

有一篇名为"欢迎你到荷兰来"的文章,作者叫金斯利(Emily Perl Kingsley),儿子患有唐氏综合征。她写了一篇文章来告诉大家作为一个母亲的感受。文章是这样写的:

欢迎你到荷兰来

(译文)

常有人要我写点关于养育残疾儿童的经验,来帮助那些从没体会过这一独特经历的人们理解它,去想象那是一种什么样的感觉。它就像这样……

你的孩子还未出世,你像在计划一次完美的度假旅行——去意大利。你买来一大摞导游书,作了精彩的安排——古罗马的圆形竞技场、天才画家米开朗琪罗,还有威尼斯的"刚朵拉"。你甚至还学会了几句有用的意大利语。这一切是那么的令人心驰神往。几个月的翘首期盼后,你终于迎来了这一天。行李准备妥当,你出发了。几个钟头后,飞机降落,空姐走了进来,说道:"欢迎您到荷兰来!"

"荷兰?!?"你说,"什么意思?荷兰?我要去的地方是意大利啊!我应该是在意大利!我这一辈子都梦想着意大利呀!"可是,飞行计划有了点变化。他们降落到了荷兰,你也就只能呆在荷兰。然而,重要的是他们并没有将你带到一处恐怖、恶心、肮脏，充斥着瘟疫、饥荒和疾病的地方。这里只不过是另一处地方。

这样，你必须出去重新购买不同的导游书；还有，你必须学习一门全新的语言。你还会遇见一些以前从未遇到过的人。这里不过是一个不同的地方。这里节奏比意大利慢，不如意大利那样富丽华贵。但是等你在这里呆上一阵子了，喘口气后，你再转悠转悠……你会注意到荷兰有风车，荷兰也有郁金香。荷兰甚至还有伦勃朗（注：荷兰著名画家）。

可是，你认识的人还是匆匆去了意大利，又匆匆而归……他们全在大谈在意大利度过的美妙时光。于是从此以后，你会说："是啊，那是我本来要去的地方，那是我计划好的。"尔后，它所带来的痛楚将永远永远不会消退……因为失去的那个梦想是一个非常非常重大的损失。可是……如果你因为没去成意大利而懊悔终生的话，你也许将永远无法自在地领略荷兰那些特别的、可爱的风情。

（原文）

Welcome to Holland

I am often asked to describe the experience of raising a child with a disability—to try to help people who have not shared that unique experience to understand it, to imagine

how it would feel. It's like this…

When you're going to have a baby, it's like planning a fabulous vacation trip—to Italy. You buy a bunch of guidebooks and make your wonderful plans. The Coliseum, the Michelangelo

David, the gondolas in Venice. You may learn some handy phrases in Italian. It's all very exciting.

After months of eager anticipation, the day finally arrives. You pack your bags and off you go. Several hours later, the plane lands. The stewardess comes in and says, "Welcome to Holland."

"Holland?!" you say. "What do you mean, Holland?" I signed up for Italy! I'm supposed to be in Italy. All my life I've dreamed of going to Italy.

But there's been a change in the flight plan. They've landed in Holland and there you must stay.

The important thing is that they haven't taken you to some horrible, disgusting, filthy place, full of pestilence, famine and disease. It's just a different place.

So you must go out and buy a new guidebook. And you must learn a whole new language. And you will meet a whole new group of people you would never have met.

It's just a different place. It's slower paced than Italy, less flashy than Italy. But after you've been there for a while and you catch your breath, you look around, and you begin to notice that Holland has windmills, Holland has tulips, Holland even has Rembrandts.

But everyone you know is busy coming and going from Italy, and they're all bragging about what a wonderful time they had there. And for the rest of your life you will say, "Yes, that's where I was supposed to go. That's what I had planned."

The pain of that will never, ever, go away, because the loss of that dream is a very significant loss.

But if you spend your life mourning the fact that you didn't get to Italy, you may never be free to enjoy the very special, the very lovely things about Holland.

这位母亲用形象生动、优美的语言说出了我的感受。我曾经去过"意大利",那里的风景的确很美。在那里,你可以尽情享受佛罗伦萨的优美,威尼斯的浪漫,还有罗马的经典和惬意。可女儿维维让我有机会游览了"荷兰"。那里也别有一番风情。"荷兰"有着色彩明艳的郁金香花田,古朴醉人的乡村田野。那里就像上帝的画布一样美丽。

因为维维,我们有了不同寻常的人生。女儿教会了我很多东西。首先,她教会了我感恩。

感恩于父母的养育,朋友的关爱、友谊和理解。感恩于夫妻的恩爱、家庭的温暖。感恩于清晨醒来窗前的一缕阳光,窗外枝头小鸟的歌唱。感恩于路边的花草树木,微风吹散了心头的一丝惆怅,仰头望去,蓝天白云,心情陡然变得开朗。感恩于举目四望,自然界的一切是如此多姿多彩,精致绝伦。感恩于一年四季,春夏秋冬,星移斗转。感恩于路人投来的一个微笑,晨跑途中的一声"你好"。感恩于生活中的挫折与磨难。挫折磨炼了我们的意志,苦难锤炼了我们的品格,从而使我们对生活有了更深刻的理解。怀抱一颗感恩之心,我们就能勇于面对生活的种种考验,努力克服困难,迎接挑战。生活中的一切都值得用感恩之心去对待,活着本身就是一种上天的恩赐。

女儿教会了我怎样自然而真实地活着。15年来,我感受着自我的分裂,常常在真实与虚荣之间徘徊。我极力设法使自己变得纯粹。我经历着从自负到谦卑的转变。女儿的存在,使人自然向往一种超脱的境界,对人生局限客观以对,不悲戚、不言败、不放弃。

女儿让我懂得了,要想真实地存在,就必须放弃自我,抛弃虚荣,让生命之泉自然流动。永远不要因为真实自然而感到羞愧,因为只要是真实自然的,就一定是美丽的。只有真实地活着,才能进入更深层的爱,找到生存的喜悦。

女儿教会了我怎样宽容待人。宽容是理解,尊重,忍让;是心怀坦荡,宽宏大量。宽容是以平和,淡定的态度对待生活的不公。宽容是不以自己的价值观评判他人,不评头品足,说三道四。

女儿教会了我坚忍顽强。树叶凭着对阳光、泥土、雨露的热爱,久经风吹雨打,任虫咬石击而不凋零,顽强地在树枝上生存。身陷淤泥之中的蚂蚁,凭着强烈的求生愿望,连续挣扎几个小时,最终获得自由。自然界的一草一木,一切生灵,无一不是造物主坚忍顽强的化身。树叶和蚂蚁都有这样的精神,更何况我们人类。无论是坦途,还是困境,都要从容淡定地走下去。

维维的出生改变了我们全家的生活轨迹。共同经历的生活考验和磨难,是比什么都宝贵的人生财富。它使我们每个人都变得更加智慧。维维让我们懂得,应该乐观向上,珍惜生命的每一天。她让大家都变得更加豁达,更有爱心。因为有了妹妹,四月比一般的孩子更加懂事,更加成熟。从小就养成了独立自主的性格。八九岁开始就不但能够自理生活,学习上也从来没让大人操过心。

  我知道,维维今后的路还很长。虽然手术已经基本做完,只剩下一个上颚矫正手术,为的是进一步调整上下牙的位置。但她面临的是比手术更严峻的挑战。有一天她将要独自走向社会,自己去就业,去生活。她将不得不离开温馨的家和父母的庇护。她将要告别少年时代,进入青年,中年。她有着和所有正常人一样的情感。她一样喜欢交友,希望恋爱,结婚,生子。而这每一步,都会比常人更艰难,更坎坷。但我相信女儿有能力克服困难,面对生活的挑战。因为她有着乐观,开朗,豁达,积极向上的性格。因为她有着一颗善良的心。

  女儿背着书包的背影消失在了树叶茂密的小路尽头。这时,我的耳边又响起了那首《自从有了你》的歌:

  感谢天感谢地,
  感谢命运让我们相遇。
  自从有了你,
  生命里都是奇迹。

  的确,自从有了女儿维维,我们的生命里都是奇迹。

附录1　四月的文章

作为维维的姐姐

四月

2011年7月

(张小农译)

我妹妹出生时我只有四岁。记得妈妈刚生产之后我去医院看她,却看到她在流泪。一直到多年之后,我才知道她的泪水不是因为分娩之痛,那只是我的天真想法,而是因为她意识到事情有些不对头而产生的恐惧。我那时太小,还无法理解,虽然我知道维维与众不同,但她的阿佩尔氏综合征对我从来就不是什么大不了的事。在我的记忆中,事情本该这样。

她频繁的手术,每年去波士顿儿童医院看病,以及旁人对她的注视,对我已是习以为常,我从来都没觉得有维维这样的妹妹有什么不同。我承认,如果她不是生有阿佩尔氏综合征,我大概也不会是现在的我,但那不是我们的现实生活。

现实生活是,我没有感觉维维的阿佩尔氏综合征对我有什么影响。但我确实知道,如果事情不是这样,我就不会了解到关于我们家的很多事。我因此得到了三个榜样,我学会了无论在什么情况下都要勇敢,要乐观向上。

16年前,我去医院看望我正在哭泣的妈妈。从那天起,事情发生了很大变化。我当时对此一无所知,但现在我毫无疑问地认为,我的妈妈是我见过的最坚强的人。那天,她也许是因为惧怕而流泪,但在之后的16年中,我从没见过她因为维维的境况而屈服。她全身心地直对挑战,寻求最好的医生,查考最新的医治方法,联络其他阿佩尔氏综合征孩子的家庭。她从来不逃避,也从没表现过羞愧。

我的父母给予了维维所需要的一切,让她能发挥出最高的潜能。对她的期待从未因为她的阿佩尔氏综合征而降低——她可以一样杰出。她现在是高中生了,她的生活完全正常。她在电话上和她的女朋友聊东家长西家短,她追逐明星,她喜欢学校但憎恨作业,她有与其他人一样的爱好与激情。她和我当年一样有着16岁女孩的尴尬,而我认为这真是棒极了。

尽管已经很正常,作为一个孩子,维维一定会有她的挣扎。她的所有与众不同之处都是我一向就知道的,七岁的我确实就感觉到了需要保护她,捍卫她,并且要教育所有有意倾听的人。维维一定会把自己与同龄人比较,并意识到自己的不同。在公共场合,我知道她注意到有人盯着她看。记得我们一起去游乐场玩时,一些小孩会问我她有什么问题。我总是回答,"她生来就是这样。"然后转身而去。维维那时大概只有两三岁。我不知她是否记得。

我小的时候，维维的手术，住院，以及特教老师与治疗师就是家常便饭。我从未感到对我有什么影响，因为我以为事情就应该这样。现在，我也还是没觉得我受到了什么影响，因为维维是一个相当正常的小妹妹。她有时有些烦人，但无论如何，我都是爱她的。

然而，我的确有着三个让我敬仰的闪亮榜样，我得到的是一种如果没有维维就不会得到的品性。我的母亲、父亲与妹妹让我看到了什么是勇敢。我的父母直接面对阿佩尔氏综合征，他们尽最大努力去应对。在无数的手术之后，可以理解，医院会让维维非常不安。但经历了那么多以后，她不像大多数十几岁的孩子对一点小事大惊小怪。她已建立起足够的忍受力去保护自己，无视别人盯来的目光、欺负以及尴尬的问询。虽然表面上有时看不出来，但我知道我的家人勇敢而且坚强。我也渐渐懂得了无畏是值得拥有的高尚品质，永远不要降低对自己及他人的期望。因为维维，我发现勇敢存在于我的基因中，是一种我乐得拥有的品质。我永远不会感到对问题束手无策，因为我认识到我能克服它，我能处置它，就像我的父母妹妹所做到的一样。总之，我20岁了，那忧虑的少年时代已成为过去，我庆幸我有家人，我们愿为彼此付出一切。

（原文）

AS VIVI'S BIG SISTER

I was only four years old when my sister was born. I remember visiting my mom at the hospital shortly after she gave birth, only to find her crying. It wasn't until years later that I discovered her tears were not from the pain of childbirth, as I had naively thought, but from the fear she felt when she realized there was something wrong. I was too young to understand, and while I knew Vivi was different, her Apert syndrome was never a big deal to me. It was just how things were, for as long as I could remember.

Her frequent surgeries, annual visits to the Boston Children's Hospital, and the stares from passersby were so normal that I never felt different having a little sister like Vivi. I acknowledge that I probably wouldn't be the same person had she been born without Apert syndrome, but that's not the reality we live in now.

The reality now is this: I don't feel affected by Vivi's Apert syndrome. But I do know that it has taught me a great deal about my family that I would not have learned otherwise. It has given me three role models, and I have learned to be brave and to expect the best no matter what.

I visited my crying mother in the hospital sixteen years ago. A lot has changed since that day. I never would have known it then, but now, I know without a doubt that my mother is the strongest person I have ever met. She may have been crying out of fear that day, but never in the next sixteen years did I see her give in to Vivi's condition.

She absolutely fought it head on, seeking out the best doctors, researching the latest medical procedures, and connecting with a community of families who also had children with Apert syndrome.

She never hid from it or showed any shame.

My parents gave Vivi everything she needed to be the best she could be. The expectations were never lowered just because of her Apert syndrome—she was allowed to be great. She's a high school student now, and her life is totally normal. She gossips on the phone with her girlfriends, crushes on celebrities, loves school but hates homework, and has hobbies and passions like anyone else. She's as awkward as I was as a sixteen-year-old girl, and I think that's fantastic.

As normal as she is now, Vivi must have struggled as a kid. All that made her different was all I'd ever known and indeed my seven-year-old self felt the need to protect and defend her, and to educate anyone that would listen about it. Vivi must have compared herself to her peers and realized she was very different. I know she noticed the stares from people when we were in public, and I remember random kids used to ask me what was wrong with her when we played together at the Stomping Ground. I always answered, "She was born that way," and turned my back. Vivi must have been two or three years old. I wonder if she remembers.

When I was younger, Vivi's surgeries, hospital visits, and special education teachers and therapists were just how things were. I never felt affected by it all because I never knew anything else. Now, I don't feel affected because Vivi is a pretty normal little sister. She can be annoying but I love her anyway.

I do, however, have three shining examples to look up to and a quality I'm sure I would not have without Vivi in my life. My mother, father and sister have shown me what it means to be brave. My parents faced Apert syndrome head on. They dealt with it the best way they knew how. After countless surgeries, hospitals make Vivi uncomfortable, with good reason. But most teenagers freak out over the tiniest things—Vivi's been through too much to do that. She's built up a tough skin to defend herself against stares, bullying and awkward inquiries. I've learned that my family is courageous and headstrong, though it may not always seem that way. I've come to understand that fearlessness is an awesome trait to possess, and that expectations of oneself or others should never be lowered. Because of Vivi, I've discovered that bravery is in my genes and its a quality that I'm happy to have. I will never feel like there is no solution to a problem, because I've learned that I can overcome it, I can deal with it, like my parents and sister did. Most of all, now that I'm twenty and past my angst teenage years, I am grateful for family members that will do anything for each other.

# 附录2 维维诗文

(一)

来自上帝来自天上——作于2010年11月

(译文)

她被带到了这世上,
来自上帝来自天上。
棕色的大眼睛,漆黑的头发,
还有那充满爱的微笑。

她妈妈聪明,爸爸智慧,
姐姐机灵又秀美。
他们惊闻,
刚刚降生的新成员,
有着内在的秘密。

医生说她生得特别,

说她生得不健康。

爸爸看上去阴郁,妈妈哭了,

姐姐不知该怎么想。

几天过去了,她回到了家,

踏入了世界,既新又大。

她珍惜地过着童年,

不知什么是忧伤。

人们从各地赶来看她,

来到那坡上的房子看她。

看到有着伤疤的她,

感谢上帝自己没病不像她。

她的父母期盼,

他们继而祈祷,

她的生活没有困惑。

他们祈祷没人能看到

她巨大的伤残病况。

HEAVENLY SENT FROM GOD ABOVE

(原文)

She was brought into this world,

Heavenly sent from God above.

With big brown eyes and dark black hair,

And a smile full of love.

Her mom was smart, her dad was wise,

Her sister was bright and nice.

They got the big surprise,

Their new member just came in,

Carrying secrets that lied within.

The doctors said she was distinct,

They said she wasn't fit inside.

Her dad looked grim, her mom, she cried,

And her sister couldn't comprehend.

Days went by and she went home,

To a world so big and new.

Cherishing all the early years,

Living life without a clue.

People came from near and far,

To the house upon the hill.

Seeing the girl with many scars,

Thanking God they were not ill.

Her parents hoped,

And then they prayed,

She'd live her life without doubt.

Praying that no one will see,

The big ailment she had got.

（二）
生活变得美好——作于 2011 年 1 月
（译文）

你好像说过战胜痛苦，
并不困难。
你好像说过我会没事，
可为什么我却神思恍惚？

四壁向我压来，
我在黑暗中穿行，
穿过白色的走廊，
逃离凶恶的鲨鱼。

感觉像面临一场战斗，
而我正在退却。
感觉自己像一只大熊，
正在被医生追捕。

我为自己祈祷，
为那血流不止的一幕。
我生命垂危，因紧张而心跳，因害怕而发抖。
亲人在哭泣，朋友在尖叫，我几乎不能思考。

闭上双眼，生活变得美好。

自从有了你

太阳更加明亮,天空不再灰暗。

闭上双眼,生活变得美好。

我挺起胸膛,痛苦离我远去,我不会摔倒。

五年的时间已经逝去,

我已恢复完好。

不再担忧,不再痛苦,

我相信一切都会好。

I SEE A BETTER DAY

(原文)

I thought you said it was easy,

Dealin' with the pain。

I thought you said I'd be okay,

So why am I goin' insane?

The walls are closing in on me,

Left me walking in the dark。

Through the halls of the white paint,

Running away from the shark。

Now it all feels like a fight,

And I'm losing on the front。

Like a big bear in the wild,

And the doc's on the hunt。

I prayed for my time ahead,

And all the blood I bled。
My heart is racing, my spirit's
jumping, my life balances on the brink。
Family's crying, friends are screaming,
and I'm losing the power to think
I close my eyes and I can see a
better day,
The sun is brighter, the pain is
lighter, and all the sky fades from grey。
I close my eyes and I can see a better day,
I'm standing tall, I will not fall, and all the pain goes away。
Now it's been five years,
And I'm feeling fine today。
No worries to stress, no pain to face,
Cause everything's gonna be okay。

(三)

关于我的名字

(译文)

在拉丁语中,我的名字意味着生命。我出生于猪年,是在幼狮被狮子妈妈用温柔的触摸唤醒的月份(译者注:8月20号,狮子座)。我的名字被用于公共媒体,是日本一家时装杂志的名字。它还分别是俄罗斯的一个湖和波多黎各一条河的名字。河水平静地流淌,因此我是"和平的维维"。这正像我,因为在朋友中,我是个和平使者。然而,小河的波涛又充满着韵律,一种平和的韵律。只有和平,我们才能找到爱和喜悦。

"Vivi"这个名字我父母琢磨了很久才想出来。不像我姐姐的名字起得像猎豹捕食一样仓促。在西班牙语课堂上,我曾被叫作"Viva",当然那是在七年级以前了。朋友还管我叫过"Vev",那也几乎是冰河时期以前的事了。六年级时,老师顺口管我叫过"Vivita",这是一种西班牙拼法。还有人管我叫过"Vivester"、"Vivanator"和"Viv",我宁死也不愿被叫作这几个名字,这些根本感觉就不像是我。我虽是个与众不同的女孩,也喜欢与众不同的东西,但请千万别用这三个名字叫我。

我属猪,有着野猪似的性格,不会畏缩于让其他女孩畏缩的东西,比如看见了蜘蛛我不畏缩。猪活得快乐,我也活得快乐。谁要说我属鼠或属马,那就是对我的冒犯。

我永远不会受洗改名。我觉得这名字代表着真正的我,那个大家天天见到的我。就像那首著名的酷玩摇滚歌曲《生命万岁》——是的,我的名字是维维,即"生命万岁"。

(原文)

ABOUT MY NAME

In Latin my name means life. I was born in the year of the Boar as the lively Leo Lion cubs were just being awakened by their mother's tender touch. My name has been used in various public media. It is the name of a fashion magazine in Japan; it is a lake in

Russia, and a river in Puerto Rico. Rivers flow peacefully, so I could be "Peaceful Vivi". That sounds like me since I am sort of a peacemaker among my friends. But then, the waves of a river make a sound full of melody. A peaceful melody. It is only through peace that we find love and joy.

"Vivi" was the name my parents thought long and hard about, unlike my elder sister whose name decision was made like a cheetah hunting for its prey in the wild-very quick and brief. I could be Viva when I'm in Spanish class, though that time ended after seventh grade. I could be 'Vev' when I'm with my friend, though that was like during the Ice Age. When I was in sixth grade, my English teacher called me "Vivita", it easily rolled off his tongue, like the Spanish way of pronouncing it. "Vivester", "Vivanator" and "Viv" are the names that I have been called, and would rather die before being called again. It's just not really me. I'm a different, unique girl so I like different unique things. Just not those three.

Born in the year of pig, I have the wildness of a wild boar, so wild I tend to not flinch at things that other girls would flinch at, like spiders. The boar enjoys life and others enjoy their company. I am so much like a pig, it would be insulting to call me a horse or a rat.

I would never try and baptize myself under a new name. I feel that my name shows the real me, the one everyone sees every day. It's like that song from that famous alternative rock band "Viva La Vida". Yes, my name is Vivi and I am Viva La Vida.